文春文庫

最終便に間に合えば

林　真理子

目次

最終便に間に合えば

最終便に間に合えば

その疑いは、男がサラダに手をつけ始めた時からすでに生じていた。

男が生野菜をあんなふうにゆっくり食べることは、まずありえない。たとえそれがフォアグラ入りの贅沢なものだったとしても。

ねっとりと臙脂《えんじ》色に光る肉片をたったひと切れ残すと、長原はフォークとナイフを十字に組んだ。ゆっくりとグラスを口に近づける。それはフォアグラの舌に残る味を、赤ワインで混ぜ合わそうとする動作に傍目《はため》には見えたかもしれないが、美登里にはこのうえなく不自然な行為に思えた。彼女が知っている限り、長原はこれほど優雅にものを食べる男ではないのだ。

「ボーイ長がさっきからこちらを見てるわ」

そっけなく言う。

「もう次の魚料理を出したくてイライラしているのよ。早く食べなさいよ。私だって冷めたものを食べたくないわ」

「そんな不作法なことを奴らはしないよ」

長原はやっとナイフを右手に持った。フォークでつきさし、そのまま口に運べば二秒とかからない作業なのだ。わずか三センチ四方の小さな切れ端。それをきっちり切り分けて口に入れようとする行為は、この場では滑稽《こっけい》に見える。

美登里はもうなんの躊躇《ちゅうちょ》もせずに、腕時計をテーブルの上で眺めた。

「この分だと、私、デザートをパスしなければならないと思うわ」

「だいじょうぶだよ。飛行場まで送っていくから。この季節、道路はすいているから一時間もすれば必ず行くよ」

「チェックインは少なくとも二十分前に。ロビーをつっ切ったり、エレベーターを上がったりする時間を入れれば、七時前にはここを出なければならないはずよ。私、離陸まぎわの飛行機に、バタバタ乗り込むの大嫌いなの」

「それならば」

長原は、美登里の目を見ずに最後のフォアグラを口に入れながら言った。

「もう一泊していけばいいじゃないか」

こういう時、いったい女はどういう顔をすればいいのかと美登里は思う。七年前に別れた男。それも必ずしもいい別れ方とはいえない。その男が明らかに誘っているのだ。もちろん勝利感がなかったというわけではない。けれどもその時の美登里には、わずらわしさがにぶい吐き気のようにこみ上げてきた。

札幌に来たついでに、ふとこの男に会ってみようなどと思った、自分のお人よしかげんがつくづく悔まれる。しかもこの男は、現在の美登里に対する認識があまりにも薄い。なぜ自分がここにいるのか、どういう立場でここに来たのか、もう一度確認させなければならない。

「明日は午後から講義があるのよ」

平坦な調子で言ってみた。講義という言葉を強めない方が、より一層の日常感がある。

「お弟子さんなんかもみんな知ってるのよ。札幌教室は今日で終るってこと。明日は張りきってみんな集って来るのよ。そんな時に私がいなかったら、みんな変に思うじゃないの」

「だから言っただろう。朝一番の便があるって。それで行けばいいんだ」

長原はかなり苛立《いらだ》った声を出した。それはあたかも、美登里がまだ自分のおんなであることに何の疑いも持っていないかのような無邪気さに満ちていた。

この男はまだわからないのかと、美登里は舌うちしたいような気分になってきた。彼女は今度ははっきりと口にした。

「私には責任があるのよ。自由に気ままにやっていた頃と同じに考えられちゃたまんないわ」

鳥の羽と粘土を組み合わせてつくる造花を最初に日本に紹介したのは美登里ではない。けれどもそれをファイン・フラワーと名づけ、着色に工夫を凝《こ》らしたのはやはり彼女の手腕だったはずだ。

それに最初に目をつけたのは、新しがりやの雑誌だった。

「今までにない、アート感覚の造花の無機質な美しさが現代にぴったり」

といったようなグラビア記事を、たまたまテレビのプロデューサーが見ていた。あるショー番組の背景に、美登里がアレンジした造花が毎週使われるようになった頃から、「ファイン・フラワー」の名前はマスコミの口の端にのぼるようになってきたと思う。

「波にのる」というのは、こういうことを言うのかと自分でも思う日々が続いた。さまざまな女性雑誌が美登里にインタビューを申し込み、大手のデパートが手芸教室の講師にと声をかけてきた。気がつくと、美登里は朝の主婦向けのワイドショーの、コーナーさえ受け持つようになっていたのだ。

テレビ局が彼女に要求してきたのは、単に手芸家としてのそれでなかった。「花をとおして暮らしと生き方を考える」ような名目がつくと、美登里はいつのまにかいっぱしの評論家のようになっていた。それは美登里の経歴も大いに関係していたと周りの人間たちは言う。

「普通のＯＬからクリエイターへの華々しい転進」

というふうに、マスコミは彼女に対してひとつのサクセスストーリーをつくりあげてきたからである。

「仕事にも、自分にもあきたらなかった私はある日思いきって旅に出ました。そしてメキシコの荒野で、ひとつの美しいバラを見つけたのです。けれどもそのバラは本物のバラではありませんでした。羽毛と土でつくられたその花を見た時、私の中でなにか大きなものが生まれたのでした。そうだ、これを日本のあの空気の中で咲かせてみたいと……」

最近、ぽつぽつと舞い込み始めた講演の席上で、美登里はいつもこんなふうに話した。事実はかなり違う。それまでの貯金をはたき、安いツアーでメキシコへ行ったまでは本当だが、造花のことは日本に帰ってから知ったのだ。同じグループの中にいた老婦人が、昔、南米を転々とした外交官の未亡人だった。その婦人とすっかり親しくなった美登里は、旅行後もひとり暮らしの彼女を訪ねるうちに、造花を教えてもらうようになったのだ。

「現地の女たちがよく作っていたのを真似てみたの。最初は向こうのやり方どおりにしていたらすべて失敗。日本は湿気があるからすぐにボロッとくずれてしまうのね。粘度の固さがわかるようになるまで五年かかったわ」

俗世間を超越したような彼女は、今の美登里の成功も快く喜んでくれている。

「私のようなお婆さんが教えたものを、よくあんなに若々しい花にしてくれたわね。美登里さんがテレビに出るたびに、私、本当に嬉しくって」

何も臆することはないのだと美登里は思う。その婦人が使っていたような、けばけばしい原色だったら、ファイン・フラワーはこれほど流行《はや》らなかったに違いない。黒と白のモノトーンに徹したところに、自分の時代を読む目があったに違いない。それに加えて、美登里には文章を書く小才もあった。去年刊行した「花がなくては生きられない」という随筆集は、後に編集者がさんざん手を加えたとはいえ、美登里自身が書いたものだ。

「OLがある日有名フラワーアレンジャーへ。花との出会いによって咲いた、一人の女性の半生記」

などと陳腐な紹介文がついたこの本は、写真もふんだんに使ってあり、かなり高価であるにもかかわらず、予想外の売れ行きを見せたものである。

おととい、昨夜と宿泊した札幌のホテルにも、支配人からのメッセージとウェルカムフルーツが届けられた。部屋は角部屋のツインだ。最上階の窓からは、広い場所に薄く撒《ま》かれたような光の粒が見えた。

その時だ。美登里が長原に会ってみようと決心したのは。

もちろん、飛行機に乗った時から、いやそれ以前に札幌でセミナー講師をという話が持ち込まれた時から長原のことは意識の中にあった。けれどもそれは、記憶の沼の上にちゃぷちゃぷと湧く泡のようなものだ。眉を寄せて集中すれば泡は大きくなる。けれども思いをときはなってみれば、いつのまにか底の方へ沈んでしまう。その程度のものだ。それがいつのまにか水面に大きく浮き上がってきたのは、やはり美登里の女らしい自己顕示によるものであったに違いない。別れた、といえば聞こえがいいが、結局のところ自分に対して強い所有欲を持たなかった男に対して、はるかに美味になった自分を見せたかったのだ。

あの時から体重は四キロほど増えたが、顔はかえって小さくなった。頰の肉がそぎ落とされたようになったから化粧映えする。それよりなにより身につけているものが違う。その時、ホテルの一室で着ていたものはイタリア製のシルクのワンピースだ。ピンクとグリーンを大胆に配したその服は、主催者側の人間と食事をする時のために持ってきたものだったが、それらの男たちとの食事は昨夜で辟易《へきえき》していた。地方都市での権力を、ことさら誇示しようとする品の悪さは、美登里が最も嫌うものであった。今夜もデパートの宣伝部長が鮨《すし》でも食いに行こうと誘うのを、疲れを理由に断わったばかりだ。

東京で聞いてきた、すすき野の割烹《かっぽう》へでも行ってみようか。気さくなママがいて、女ひとりでふらりといっても楽しめる、と教えてくれた編集者は言っていた。札幌の夜景を見ながら、ぐずぐずと考えているうちに、時計はもうじき八時になろうとしていた。

思いついてダイヤルをまわした。今度のセミナーで後援をしてくれている、地方新聞の文化部の男から、美登里は名刺をもらっていた。

「ちょっとお聞きしたいんですけれども、そちらで北栄社という広告代理店の電話番号、おわかりになりませんかしら。北の栄えと書くんですけど」

「ああ、そこならよく知ってますよ。うちと取り引きがありますから」

新聞社の男が電話番号を空《そら》でいえたことに、美登里は暖かい気持ちになった。そうみじめな生活をしていないという安心感が、二度目のダイヤルを回させていた。

いなければそれでいいと思っていた。旅の、ひとりの夜の気まぐれなのだ。

電話の呼び出し音は十回以上続いた。あきらめて受話器を置こうとした直前、不自然なほど明るい女の声が出た。

「はい、広告の北栄社でございます」

「長原さん、まだいらっしゃいますか。長原武文さんです」

「はい、ちょっと今よんでまいります。失礼ですがどちらさまでいらっしゃいますか」

「永田美登里と申します」

言った瞬間、美登里は舌うちしたいような気持ちになった。何も切り札をこれほど早く出すことはなかったのだ。もう少し待っていれば、向こうの方から声をかけてきたかもしれない。

　昔からそうだった。男の方が決定的な言葉を吐く前に、つい美登里は口走ってしまうのだ。だからいつも負けのカードを最後までつかまされてしまう。

　長原が電話口に出る間、美登里は口の中で舌をやわらかく何度か回転させた。こうすれば、滑らかに嫌らしいほど明るい言葉が出せそうだ。そしてそれは確かに成功した。

「私、私です。いま、札幌に来ているのよ」

　受話器からは、美登里が秘かに期待していた沈黙はなかった。その代わり、彼女に負けず快活な声がした。

「いやあ、久しぶりじゃないか。札幌に来ることは新聞やポスターの告知で知っていたよ。すっかり有名人になっちゃって、オレなんかが電話しちゃいけないと思ってたよ」

「そんなことはないわよ。時々、気にはかけていたのよ」

「そりゃ、光栄ですねえ」

　長原はおどけて言ったようだが、ただの皮肉に聞こえた。

「食事でもしようじゃないか」

「それが、明日、私帰ってしまうのよ」

「何時の飛行機だい」

「八時二十分。最終よ」

「時間はたっぷりある。よし、とびきりうまい店を探しておくよ」

長原の言ったとおり、このレストランは確かに悪くなかった。フォアグラ入りサラダの後に出た、平目の白ワイン煮は、ソースをパンにつけて残らずたいらげた。

それはともかく、サービスがあまりにも遅い。客は長原と美登里の他に二組しかいないというのに、皿が下げられてから、次の料理が出てくるまでの時間が間のびするほど長いのだ。

時計の針は六時四十分をさした。

「もうダメだわ。悪いけどあなただけ、デザートをゆっくり召しあがってちょうだい。私、ここでお別れするわ」

「ちょっと待ってくれよ。送っていくよ。あ、急いでコーヒーを二つ」

長原はこのレストランでかなりの馴染みのようだった。黒服の男が気をきかして、さっきの皿の流れとは信じられないような素早さでコーヒーカップを運んできた。

熱いデミタスコーヒーは、二口も飲めば義理を果したようなものだ。ナプキンを投げ出すようにして美登里は立ち上がった。

「ご馳走さま。じゃ、行くわ」

「うん、外に車を待たせておいたよ」

長原が目くばせするやいなや、別の男が美登里の皮のコートをテーブルまで運んできた。

「さ、さ、早く」

長原はすでにドアを開けていた。だから気になっていたことを、美登里は車の中で初めて口にしたのだ。

「お勘定、どうなっているの。私、悪いわ」

「そんなこと」

長原はふうっと笑ったようだった。

「オレだって一応勤めてるんだぜ。有名人にご馳走するぐらいできますよ」

「そう、ご馳走さま」

国産ではないワインを、赤と白、一本ずつ空けている。そう安い値段ではないはずだ。会社の金で落とすのだろうか。実は食事の間中、どうタイミングよく金を出そうかと、美登里はそればかり考えていたのだ。すばやくクレジットカードを店の者に渡そうか、それとも長原が席を立ったついでにレジへ行こうか。男と食事をして、どう金を払うかを悩んだのは、最近ない経験だった。そして七年前、長原とつき合っていた頃も、そんなことを考えなかった。なぜなら長原は、どんな時でも金は美登里が出すものとはなから決めていたからだ。あの時食べていたものは、もちろんフランス料理ではない。定食屋の、魚と煮びたしのセット、スパゲティの上にハンバーグをのせたもの、タンメンに八宝菜。そしてなじみのスナックで飲んだ安酒。

一度だけ美登里は尋ねたことがある。

「ねえ、あなた女に払わせるの恥ずかしくないの」

「別に」

長原はわざとらしいほど目をしばたたかせて言った。

「オレは金がある方が払うのはあたり前だと思ってるからね。ぜーんぜん恥ずかしいと思っていない」

けれども長原がそれほど磊落《らいらく》なタイプでないことは、よく知っていた。

その頃、全く売れない業界誌の編集部に勤めていた長原は、神経質すぎるほど自意識の強い男だった。彼の友人たちも詩を書いたりする男や、教師をやっている者がほとんどで、マスコミの人間たちが偽悪的に話すような、「飲むだけ飲んで、その場で金を持っているものが払う」つき合い方はしなかったはずだし、またできるような連中ではなかった。

結局、自分に金を使いたくなかったのだ、と美登里が納得したのは、別れてから二年もたった後だった。長原の次につき合った男は、むしろ楽しむように美登里に物を買い与えた。小さなアクセサリーや、洋服。まるで見せびらかすように、自分の手の内のバーやレストランへ彼女を連れていってくれたのもこの男だった。ワインの飲み方、メニューの選び方、どの季節に何を食べればよいかを教えてくれる男を前にして、ほとんど金を使おうとしなかった長原のことを今さらながら憎いと思った。

「ずいぶん、気前よくなったのねえ」

美登里はつぶやいた。それは彼女が、その日初めてした小さな復讐だった。

長原の目がかすかに光った。しかし、怒らないはずだ。七年前とは違う。もう若くはない。

「仕方ないでしょう」

長原はややあって口を開いた。

「あの頃、オレは本当に金がなかったんだから。どんなアパートに住んで、どんな生活をしていたか、あなたがいちばんよく知っていたでしょう」

言葉つきが次第に他人行儀になっていく。これは不愉快な時の彼の特徴だった。

少しも変わっていないと美登里は思った。

きつすぎるほど整った顎《あご》の線が昔から好きだった。その顎の線によって、平凡ともいえる細い一重の目が、なにかいわくありげな表情を持っているかのように見える。声も低い、黒々とした髭の剃り跡が真中あたりまで迫ってきている喉ぼとけには、やや窮屈そうな白い衿《えり》とネクタイがあった。「あの頃」という言葉を使うのは、この場合不似合いだと思われるほど男は変わっていなかった。

「あたしだって――」

美登里は肩すかしを食わされたような悲しみにふと胸をしめつけられた。

「あたしだってお金がなかったわよ。普通の会社の、普通のOLだったんだから。あの時の私の給料知ってた。十万五千円よ。そのうちアパートの家賃が二万八千円。積み立て定期が二万円。後は、ぜーんぶあなたに使っていたのよ」

少し酔っているようだと思った。どうして過去の男に恨み言をいったりするのだろうか。甘え――、いや、それよりも男に媚《こ》びている。なぜなら、長原の左手が美登里の右手の甲にぴったり重ねられたではないか。

それをふりほどこうとしない自分を、そう意外なことだと思わない。一時間だけのことなのだ。久しぶりに再会したかつての恋人と、帰りの車の中で手を握り合ったといって誰が非難することができるだろうか。女としての自惚《うぬぼ》れも含めて、今確かに意地汚ない気持ちになっていると思う。けれどもささやかな抵抗はしたのだ。

「北海道に帰ってすぐ結婚したんですってね」

長原の指が、美登里の指の間にするりと入ってきて、左右に運動を始めた時に彼女は言った。

「ああ、よく知ってるね」

「なんとなくよ」

風の噂《うわさ》というのではない。女にはこういう情報を耳に入れる特別のルートがあるのだ。

「僕はとにかく、すべてのものをあきらめたっていうのか、孝行息子に徹する気持ちが強かったからね。お袋が喜んでくれればそれでよかったのさ。地元の銀行に勤めていたおとなしい娘だよ」

「そう……。お子さんは」

「一人。女の子だ」

「可愛いでしょうね」

「ああ、可愛いね。オレは職業柄ちょっと写真もいじってただろ。だから休日ともなれば、やたら娘の写真をとりまくるよ。えーと、君はまだだったよね」

「そうよ。もらい手がないのよ」

「そんなことないだろう。いくつだっけ……」

「三十一歳。あなたと四つ違いよ。もう忘れちゃったの」

そんな会話をかわしながらも、長原の指は執拗な動きを続ける。四つのくぼみだけがじっとりと汗ばんできた。

「飛行機、何時でしたっけ」

運転手が間のびした声で尋ねた。

「八時二十分なの。ちょっと急いでくださいますか」

「やってみましょう。今日はわりと道路が空《す》いていますからね、なんとかなるんじゃないですか」

「お願いしますね」

やや身を乗り出して運転手に話しかけていた美登里は、ぐいと後ろにひっぱられた。長原がきついほど手を握りしめてくる。眉間《みけん》にシワがあった。

「間に合わないよ」

「あら、絶対に間に合うっていったのはあなたでしょう。それに運転手さんも大丈夫って言っているのよ」

「絶対に間に合わない」

こういう時の長原は幼く見える。そしてこれこそが自分を愛してくれていると美登里に思わせた表情だった。

「もう一泊しろよ」

長原はささやいた。

「明日、九時の飛行機でたてば十分昼に間に合う。飛行場に行って、その便を予約してくればいい。今夜のは乗らなくたっていいんだ」

美登里はおし黙った。もう愛してはいないということはあきらかだった。けれどもその男から、口説く値打ちのある女だと思われることは心地よかった。

「なぁ……」

長原のからだの向きが変わった。左手にさらに力をこめながら、右手が美登里の首じをすべった。ややためらいながら、指は半円を横にいくつか描いた。そして思いきったように、指は衿元の国境線を越えた。しかし車の中での姿勢では、長原の指は途中まででしかとどかない。スロープが始まる手前をもがくだけだ。

いったん長原の右手は服の外に出た。

そして次の瞬間に、掌は確かに美登里の乳房を布地ごととらえていた。皮のコートの下の、さらにまた絹の服の下。やや外向きの乳首を、適確に長原の人さし指が探りあてた。

ゆっくりゆっくりと〝の〟の字を描く。乳首の先端の、たとえようもないほど狭い面積の上に、長原はいくつも、何十回となく〝の〟の字を描く。

ぼんやりとした闇の中、長原と見つめ合う。自分が口をあけているのがわかる。太ももを二、三回くねらした後、美登里は「ああ」と声にはならないため息をもらす。

快楽が一本の鋭い線になって、足元から床へ走るのを見た。

「ほら、子どもの頃、プールから帰った後軽い昼寝をするでしょう。するとだるい疲れで足が崩れるっていうのかなあ、大きくうねるのよねえ。ちょうどあんな感じ。そしてそのうねりが、あそこから体の中へ入ってくるのがわかるの。するともう自分の力では止められなくなるのよね」

終った後、美登里は長原の肩に頰をぴったり寄せて、とりとめもない話をするのを好んだ。その時、長原がどんな表情をし、どんな答えをしたのかほとんど憶えていない。けれども心に残ることはなにひとつないというのは、長原の優しい行為や言葉が全くなかったということではないだろうか。その時、物語めいたことがあったとしたら美登里が記憶していないはずはない。自分にとって楽しいこと、喜ばしいことはいつまでもだらだらと思い出す性質の女だ。

七年前、美登里は二十四歳だった。もちろん、長原が初めての男だったわけではない。短大時代、なかば好奇心から関係をもった男もいたし、自分では大恋愛をしていたと胸をはりたいような男もいた。けれども回数を重ねたという点で長原にかなう男はいなかったし、「快感」というものも、美登里は長原からあたえてもらったはずだ。

「なんだよお、本当にくだらない男とばかりつき合いやがって」

乱暴な口調で長原はよくそう言ったけれど、それはいつもベッドの中に入りたてで、彼の機嫌がすこぶるよかった時だ。

「本当にィ、冗談じゃないぜ。他の男っていうのはお前さんのことどう扱ってたんだよ。こんなにインランで男好きの女をさあ、ちゃんとイカしてやれないなんて酷だぜ」

「ひどい、あたし、インランでも男好きでもないわ」

「そうかなあ、そうかなあ。これでもそうかなあ」

指は長原の言葉と同じように、おどけながら美登里の肌をはう。わざと中心をはずし、ずらしながら近づいていくやり方は、十二分に女の体を熟知している男のそれであった。

美登里は必死で長原にしがみつく。

「もうじき――」

訴えるように言う。

「もうじきストンが来そうよ」

「いいよ」

「本当にィ」

「いいよ」

美登里は嬉しさと照れで、長原の肩に歯をたてる。長原は男にしては信じられないほど肌が美しかった。浅黒くひきしまった腹はなめらかで、触れると絹織物のようにかすかにゆれた。

そしてその織物はいつのまにか美登里の上におおいかぶさり、激しい動きを見せるのだ。

この世にこれほど素晴らしい男がいるのが信じられないような気がした。しかもその男は自分を愛してくれていて、その体の一部と、自分のからだの一部は完璧に合致する。

あの頃、美登里は何度もその最中、ため息をもらしたものだ。真下から見ると、男の顔はいっそう愛《いと》しく心をとらえた。特に感きわまる直前、男は目を閉じるのだ。長原の髪は短く、眉間には黒子《ほくろ》があった。細い目は静かな一本になり、それはインドの仏像のようになる。

そしてそこまで見とどけると、美登里ももはや目をあいていられなくなった。彼女自身も足を大きく開いた十二手観音のようになり、激しく腰を揺り動かすのだ。

これを永遠に続けることができたらと、いつも美登里は願っていた。それは性欲からではなく、その後に来る現実の恐怖のためだったと、今の彼女は断言することができる。

「おい、腹減ったなあ」

たいていの場合、現実は長原のそんな言葉で始まった。頭の下で腕を組んでいる。腋《わき》にはやや茶色がかった毛がひと房ゆれていた。

「いいわよ、なにかつくろうか」

若い女が誰でもそうであるように、美登里もこうした行為を日常生活の延長と考えるのがそう嫌ではなかった。男に抱かれた後で、その男のためにものをつくるという作業は、わずらわしさと同時に結婚への甘い予感もある。そして、男の常として、長原は女のそういうあつかましさを何より嫌っていた。自分のアパートの寝室へ誘い入れても、キッチンに立つことは許さなかった。

「オレ、こういう所を見られたり、触られたりするの嫌いなんだ」

そんなかたちでの男の拒否を、長い間美登里は〝つつしみ〟などという言葉でひとり納得しようとしていたのだ。

「あーあ、なんか食いてえなあ」

「じゃ、どこかに行こうか。二人でおそばかなんか食べに行く？」

「こんな時間じゃ、どこもやってやしないよ」

長原が指す壁時計は、夜の十二時をだいぶまわっていた。

「そうだ。ミントへ行ってさあ、おにぎりをつくってもらってきてくれよ」

ミントは長原のアパートから歩いて五分ほどのところにある小さなスナックだった。酒も出せば、軽い食事もできるという、私鉄沿線の駅前を歩けば、裏通りに必ず三つや四つあるような店だ。口がまがるほどまずいスパゲティやグラタンを、飲みすぎで舌がきかなくなった若者がよく食べている。

「な、エミちゃんに頼んでよ、オカカと梅干しのおにぎり、三つ頼んでもらってくれよ」

「おにぎりだったら私いらないわ。それほどおなか空いてないもん」

真冬の夜だった。それに長原の言い方は、当然のように美登里がおにぎりを買いに行くことを予想していた。明るく奉仕するほど美登里は幼くなかったし、気弱な女でもなかった。

「じゃいいよ。オレの分だけでさ。頼むよ」

長原は言って再び毛布をかぶった。その色はピンク色だが薄汚れて灰色になっている。シーツも枕カバーも長原の部屋のものは、長い間洗たくしていないので、元の色がなかなかつかめない不思議な色になっていたのだ。そしてその中にもぐり込むと、むせるほど長原のにおいがした。長原は全くといっていいほど体臭のない男だったのに、彼の布団や本、部屋全体からは、きつくにおっていた。そのピンク色の毛布は、これを目にした時からの月日の長さをなによりも思い出させた。

記憶が欲望を、そして欲望は優しい感情を揺り動かした。

「じゃ、行ってくるわ」

けれども優しさだけではどうにもならないものもいくつかあるのだ。

美登里は待った。人にものを頼む者が必ずそうするように、長原が紙幣を手渡してくれるのを待った。

けれどもピンク色の毛布は動く気配がない。

美登里はコートをはおりながら、もっと気軽に考えてみようとした。

「どうしてつまらないことに、いつも私、いじいじとこだわってしまうのかしら」

きっと長原はこうしてくれるはずだ。おにぎりの包みとひき換えにこう言うだろう。

「ありがとう。これ幾らだった？」

そうしたら美登里はこう答えるつもりだ。

「いいのよ、おにぎりぐらい。これ、私がごちそうするわ」

お金なんかどうだっていいのよ。私とあなたは恋人同士じゃないの。このくらいのこと私にさせてちょうだい。

そんな言葉をあらかじめ反芻《はんすう》しながら、美登里は夜道を歩いた。

スナック・ミントは、外も内部の壁も木を張りめぐらしてある。流れているのはモダンジャズなのに、インテリアはどうみてもカントリー音楽風だ。それなのにママのエミちゃんも、客たちもこの矛盾に全く気づいていないふうだった。

美登里は店のドアを開けた。客は数人しかいない。エミちゃんは、あらっという風に笑顔を投げてよこした。

「待ち合わせ」

「ううん。彼がカゼをひいちゃったの。悪いけどおにぎりを一人前つくってくれる」

「あ、そう。長ちゃんダウンしちゃったの。可哀相ねえ」

この店はしばしば長原と来ていた。だからこそ美登里には見栄があった。男はピンピンしているのに、その食べ物を真夜中に買いに来る女などあまりにもみじめではないか。

「わかった。ちょっと待っていてね」

エミ子はていねいに手を洗い始めた。指輪がやけに目立つ骨ばった手だ。年齢は三十四、五だろうか。化粧がうまいのは認めるが、目のまわりに年齢相応のやつれが出ていたっけ。

手を洗い終って、エミ子は握り飯をつくり始めた。ジャーから直接熱い飯を掌にのせるやり方は、美登里の気にさわるものだった。

「は、ふ。アチ、アチ」

美登里の目を意識してか、エミ子は必要以上にはしゃいでいた。はっきりいえば、製造過程をあまり真剣に見られたくなかったに違いない。ただの白米を握っただけで、エミ子は八百二十円という金をとった。それはこの店の雰囲気につかり、酒に酔っていたらなんとも思わなかっただろうが、冷気の中を歩いてきたばかりの美登里にはやはり不当なことに思えたのだ。

「文化人っぽくしてたって、やっぱり水商売の女じゃない」

こういう小さな店のママらしく、エミ子も客たちとの友だちづき合いを強調していた。

「私はね、好きな人だけに来てもらえばいいの。嫌な客だったら二度と来てほしくないわ」

というのが彼女の口癖だった。実際長原なども、「エミちゃん」とよんで、いかにも物わかりのいい常連らしくふるまっていたものだ。

「じゃこれ、長ちゃんに渡してちょうだい」

エミ子は出来あがったおにぎりを、銀紙でつつんで美登里に渡した。

「それでどうなの、長ちゃんの具合」

「あ、大したことないと思う。ただ外が寒いから私が代わりに来たの」

「そう」

エミ子は心配そうに眉をひそめた。

「今年のカゼはしつこいから、ちゃんと治しとくように言っといてちょうだいね。うちのみんなにもカゼが流行《はや》り始めたから、かなり気になっているのよ」

エミ子は「うちのみんな」という言葉に力を込めて言った。

「ありがとう。そう言っとくわ」

愛想よく答えたものの、腹立たしさが急激にこみあげてきた。店で食べるのと同じ料金をエミ子が請求したというのは、もちろん非難すべきことではない。しかし、言葉は裏腹にすべてのことがあまりにも事務的におこなわれたのだ。

「だからあいうとこの人っていうのは、まるっきり信用できないのよ」

美登里は小石をけりながら夜道を歩いた。

アパートに帰ってみると、長原はすでにセーターとジーンズに着替えていた。テーブルの上にはひとつだけ湯呑みがのっていた。

「はい、買ってきたわよ。あなたのご注文どおりのおにぎり」

ぶつけるように置いた。

「どうも。サンキュー。ああ、腹へったァー」

長原は包みを開けるのももどかしげに、口に入れ始めた。三個の貧弱なかたちをしたおにぎり。田舎育ちの美登里から見ると、いらだってくるほど形の悪い、しかも小さな握り飯だった。

「あ、うまい。腹へってるからうまい」

とうとう最後まで長原は金を払ってくれようとしない。

美登里は胸苦しくなっていた。怒りや疑いがごっちゃになって喉のあたりまでこみあげてきていたのだ。

「ねえ、私の誕生日」

不意に彼女は叫んだ。

「あたしの誕生日もうじきよ。プレゼント、何を買ってくれんの」

長原はきょとんと美登里の顔を見つめた。なぜこんなことを言い始めたか、全く見当がつかないらしい。

「冗談はよしてくれよな」

ややあって彼は口を開いた。咀嚼《そしゃく》途中の飯粒が口の中でぐるぐるまわっているのが見える。

「オレが金を持ってないの、君だってよく知ってるだろ。よくそんなこと言えるよなあ」

美登里は二カ月前、長原に贈った緑色のセーターのことを思い出した。それは有名ブランドのものでカシミアが五十パーセントほど混じっていた。それを買うために、美登里は自分の冬のコートを一ランク落としたのだ。

六畳のリビングと四畳半の寝室。境の襖《ふすま》の陰からベッドとピンク色の毛布が見えた。そしてガス台の上のやかんからは、火をとめた後の弱々しい湯気が立ちのぼっていた。それなのに、湯呑みはあいかわらずひとつだけだ。

「なによ、その言い方」

美登里はその湯呑みを強く手ではらった。茶碗はしぶきを散らしながら床に落ちていった。

「お前……。このヒステリー」

長原の目は怒りよりもまだとまどいが強かった。それがさらに美登里を大胆にさせた。

「なによ、なによ。あなたなんか大っ嫌い」

美登里は立ち上がりながらも、きゅうすを再び床にたたきつけた。

ドアの外に走り出た時、美登里はひどく自分が空腹だったことに気づいた。意地をはらずにおにぎりを二人分頼みさえすれば、こんなことにはならなかったような気もしたのは本当だった。けれども彼女はいつも二人分払い続けてきたのだ。肌を合わせたその後で、男は握り飯を食べ、その金を女が払った。その事実が、これほどまで美登里を悲しませたということに、最後まで長原は気づかなかったのだ。

ヘッドライトが雪を照らし出すと、車の中は密室の重苦しさと華やかさに満ちてくる。長原の〝の〟の字は終って、今度は〝く〟の字だ。それは美登里の右の脇腹付近を何度も往復した。大胆さには、いつのまにか確信が加わっていた。

「今晩、ゆっくり飲もうよ。二人で……。な」

「朝早いのは、私、つらいのよ」

「だいじょうぶだよ。オレが起こしてやるよ。きっと。君は空港近くのホテルを九時ぐらいに出ればいい。そして十時前の便に乗る。そうすればお昼には東京に着いている。それでいい」

「でも私、朝はダメなのよ。最近ますます弱くなっているみたいだわ」

「そう……だったかな」

〝く〟の字に力を込めて言った。二人に共通の卑猥《ひわい》な暗号。朝陽の中で、あのピンク色の毛布は正真正銘の灰色に変わった。その下で習慣のように、二人の足は再びもつれ合った。
「わかってんの。返事してちょうだいよ。それだったらね、明日の午後必ず連絡してち
ょうだいよね」
美登里が声をたて始めると、隣りの部屋の女が必ずどこかへ電話をかけた。語尾まで
はっきりと聞こえる薄い壁。あの長原の部屋。
「千歳にオレのよく知っているホテルがある。しゃれたいいところだけれど、観光客は
あまり来ない。あそこならいいだろう」
「いい、だろうって、何が」
美登里は単語を区切るように言った。
「とにかく私は飛行機に乗らなきゃいけないのよ。乗り遅れると困るのよ」
「大丈夫ですよ。お客さん」
美登里のやや高めになった声が自分に向けられていると思ったのか、運転手がなまり
の強い声で言った。
「もうちょっと混んでると思ったけど、案外空いてましたもんね。スキー客の帰りにぶ
つからなければ、どうにか間に合いそうですね」
「あ、そう。よかったわ」

美登里は不自然なほど大きな声を出した。

「こうしようじゃないか」

長原の声は反比例して低くなる。

「間に合ったら間に合ったでいい。だけどもし乗り遅れたら、千歳で一泊する。これでいいだろう」

「ふふっ」

「なんだい。嫌な笑いをするじゃないか」

「昔別れた女って、そんなふうにおいしそうに見えるのかなと思って。あなたが私にそんなふうに執心するなんて信じられないわ」

「そんなことはないでしょう。僕は昔から君に夢中だった。いろんなことをしてきたつもりだったけれど、君は僕という男に見切りをつけて去っていったんですからね」

「よく言うわよ」

美登里は低く笑って、長原の手をつまんだ。元の位置にもどす。その時、ズボンの生地に触れた。ネクタイを見てもそうだったがそう悪いものは着ていないらしい。きちっとスーツを着た男と、皮のコートを着た女が話すと、別れの記憶まで美しいものになってしまうのだろうか。

長原とのいさかいの原因は、ほとんど金か食べ物がからんでいたのだといま美登里が言ったとしても、長原は笑って否定するだろう。

「そんなことはありませんよ。とっても素敵な仲だったじゃありませんか、僕たちは」

長原は、美登里に対して、なれなれしくしたものか、丁寧にしたものか、まだ考えあぐねていたようだった。


「どうしてなの。もう二千円ほど貸してくれればいいのよ」

「金がないんだよ。仕方ないじゃないか」

「嘘！　さっきお財布を開いた時に、千円札が何枚かあったの、私見たわよ」

「あるよ。確かに四千円ぐらいあるよ。だけどこのうち君に二千円貸したら、オレはどうやって暮らしていけばいいんだよ」

「だから何度も言ってるじゃない。明日、会社の近くまで返しに行くって」

もうこんな問答を二十分以上繰り返していた。テーブルの上にはひからびた寿司がのっていた。それはさっき長原が、

「うまくねえなあ。もっとおいしい店があったのになあ。ちぇっ、ちぇっ」

とさんざん文句を言いながら頬ばったものの残りだった。赤身はもう乾きかけて、飯粒の上でかすかにそっている。

こんなはずではなかったのだ。三時間ほど前に電話をした時は、長原も自分もその予

定を持っていた。久しぶりの金曜日だった。美登里はバッグの中に、いくつかのものをほうり込んだ。歯ブラシと、小さくて愛らしい下着。そして最小限の化粧道具。歯ブラシはこっそり置いてきても、次の時は必ず無くなっていた。

「男の友だちが来て勝手に使うんだよ。だからそんなので磨かない方がいいと思って」

と長原は言いわけしたが、彼自身が捨てたに違いない。泊まりに来る女が歯ブラシを置いておくなどというのは、彼が嫌悪することのひとつだったから。

「なにか買っていこうかあ。食べたいものない」

美登里は甘い声を出した。長原といつも争ってばかりいたわけではない。これから一人暮らしの恋人のところへ訪れる女なら誰でも持つような優しさを、その時の美登里は持っていたつもりだ。

「そうだな。今オレ、起きたとこなんだ。腹減ったよ。冷蔵庫の中が空っぽなんだよ」

校正で徹夜明けの今日、寝ついたのは昼すぎだったという。

「じゃ、お寿司を握ってもらうわ。折詰めにして。それならゆっくり食べられるでしょう」

美登里は自分の赤い札入れをのぞいた。給料前だったが一枚の五千円札が目についた。こういう時にする計算は楽しかった。

最終電車は、はなからあきらめていた。タクシーは世田谷から長原のアパートまで、二千円ちょっとかかる。しかし、帰りはいらないはずだ。今夜全部使い果しても、明日の朝になったら、銀行のキャッシュカードでいくらかおろせばいい。

それでも注意深い美登里は、下北沢に着いてから駅前の寿司屋へ行った。自分のアパートの近くの寿司屋で折詰めをつくってもらった後、タクシー代が無くなるのを怖れていたのだ。事実、その頃の彼女は、上寿司の値段がいくらか知らなかった。それなのに残った金を全部使ってでも、いい寿司にしようと心にきめていた。金が無いくせに長原は口がおごっていて、好物の寿司に関しては特に口やかましかった。以前、金が無い時に安い大阪鮨を買っていって、彼にののしられたことがあるのだ。

「なんだよお、これ、ちっともおいしくないじゃないかよお」

食べ物のことですねる長原は、まるで少年のような顔つきになった。それは確かに腹立つことであったが、一瞬見惚《みほ》れたこともあったはずだ。

「何よ、そんな言い方をしなくてもいいじゃない」

口では毒づきながら、美登里はいつか長原を、上等の寿司屋のカウンターに坐らせ、腹いっぱい食べさせたいと思っていた。

母性本能と女の感情はいつも戦っていた。庇護されたいという思いと、庇護してみたいという思いは複雑にからみ合い、せめぎ合ってときたま美登里を無口にさせた。

「おい、どうしたんだよ。何考えているんだよ」

そんな彼女を気味悪がって、長原は頬をつねったりもした。

「なんでもないわ。なんだか胸がいっぱいになったの」

あの揺れ動きは二十代前半の女独得のものだったのだろうか。三十歳をすぎた美登里は、はるかに正確に自分の心をとらえることができるようになった。その男に対して、自分が求めているものをはっきりと口に出せる。もしあの頃、そんな鋭さをもっていたら、長原を失うこともなかったかもしれない。

どうして彼が突然不機嫌になったり、怒り出したりするのかと、美登里はよく途方にくれた。それは長原も同じだったかもしれない。二人はうろたえるあまり、不用意に言葉をぶつけ合い、そして同じようにどちらも傷ついていたのだ。

折詰めの特上のトロはねっとりしていた。イカも白く輝いていた。残りの小銭で買った缶ビールは冷えていて、喉の奥までしみ込むようだった。

「ミーちゃん、君はどれが好き」

「あたし、あたしはウニが好き」

「じゃ、それを食べちゃおう」

「あ、キタナ〜イ。そういう人って大嫌い」

たわいなくふざけ合ったりもした。もう一時間したら電気が消され、長原の「さ、寝よか」という言葉が聞こえるはずだった。

それなのにプログラムは突然こわれたのだ。

「悪いけど――」

長原は最後の缶ビールを飲み干しながら言った。

「オレ、もうちょっと原稿がたまっているんだ。悪いけど、今夜帰ってくれないかなあ」

怒りで指先がふるえるのを感じた。しかしそれははっきりと口に出すことがはばかられる怒りだった。

三つの道が美登里に残されていた。ひとつはやはり怒り狂うこと。二つめは、自分のプライドに賭けて、おとなしくあっさりとひき退がること。

「あ、そう。じゃあ、こんな時間だから私もやすむわ。じゃ、おやすみなさい」

そして三つ目は、長原の男としての本能に訴え出ることであった。もちろん美登里は「我慢できないほど」その気になっていたわけではない。ただ非常に功利的な考えが彼女を支配していた。それはほとんど男性的な発想だった。

「上寿司を食べさせたのに、タダで帰ってたまるか」

後にこの時の気持ちを、やや自嘲《じちょう》めいてこう整理することもあったが、とにかく美登里は帰りたくなかった。みじめさは、彼女にとって孤独と全く同じ意味をもつことだった。そんな夜だった。

だからとりあえず、彼女は最後の方法をとることにしたのだ。

「わかった。じゃ帰る。その前にキスして」

長原の顔が近づき、ごくあっさりと唇が触れた。しかしその瞬間を逃さず、美登里は舌でからめとった。

セクシュアルなキス。その前でなければ許されないような官能的なキスに、美登里は思いを込めた。

「な、な。ごめんな。いい子だから……な」

多少後ろめたい感情が横切ったのか、長原はやさしい声を出した。長い指が美登里の顎と首すじを撫でた。それをそのまま美登里は自分の胸に移動させた。さっきうちを出る時、ブラジャーも着替えてきた。ブルーのレースがついた半カップのやつだ。それを長原に見せることなく帰るのは、なんとも口惜しかった。

「ちょっと……ちょっとだけ……」

あえぐように美登里は言った。そうしながら右手は長原の股間にのばした。しかし、それはまだ何の兆候も示してはいなかった。

「ちょっとだけ、ちょっとだけしよ、ね」

こういう時の声の出し方を、美登里はもうかなり以前に知っていた。そしてそう言いはなった後で、またゆるく舌を動かす方法も。

ジーンズの生地の下で、かすかに動く気配があった。

「もう少しだ」

美登里はまたそろそろと指を動かした。何カ月か前、このテを使って美登里は、玄関前の床の上で長原に組みしかれたことがあるのだ。

長原の親指と人さし指がブラウスの下の、美登里の乳首をとらえ、美登里の指が長原のジッパーをつまんだ時だ。すうーっと風が起こった。長原が肩から手を離し、半歩ほどとびさがったのだ。

「やっぱりやめよ。な、今日のところはお互いに我慢しよ。オレ、悪いけどやっぱり仕事するわ」

長原は美登里の目を避けていた。

「わかったわ。じゃ、帰りますよ」

美登里はブラウスのボタンをかけ直しながら言った。そのあまりにも明瞭な語調は、わずか五秒前にあえぐようにささやいた、同一人物だとは自分でも思えない。

「じゃさ、タクシーが拾えるところまで送るから」

長原はすでに上着を手に持っていた。その姿は、芝居がはねて家路を急ぐ観客の姿に似ていた。

「わかったわ。だけど私、帰れないの」

その時、たぶん美登里はふてくされた微笑をうかべていたはずだ。

「帰りのタクシー代がないの。悪いけど三千円ほど貸してくださらない」

その金額は、二人分の折詰めの寿司の値段とちょうど同じだった。借りるのではなく、もらっても当然の金だと美登里は思っていた。

「わかりましたよ。ほら」

長原が差し出したのは、一枚の千円札だった。

「これじゃ帰れないわ。ここから世田谷の私のアパートまで二千円ぐらいかかるのよ。もしかしたら道路が混んでいたり、運転手さんが遠まわりしたりして、もっとかかるかもしれない。念のため三千円貸してちょうだい」

「三千円貸したら、オレはどうしたらいいんだよ。どうやって明日から生活すればいいんだよお」

「大げさねえ」

美登里はかなり驚いていた。長原はこの時、二十代もかなり後半だった。三十歳に手がとどきそうな男が、三千円の金で女と争っている。そのことに美登里は早く決着をつけたかった。

「明日、朝いちばんで銀行に行ってお金をおろしてくればいいでしょう」

「そんなもんねえよ。銀行に金なんか一文もありゃしねえよ」

長原は急にぞんざいな言葉づかいになった。

「じゃ、明日、会社の人か誰かにお金を借りればいいでしょう。友だちか誰かだっていいじゃない」

「オレがみんなと仲が悪いの、君がいちばん知っているだろう。会社の中で、金を借りられるようなやつは一人もいやしねえよ」

「そう、わかったわ。じゃ私が明日、あなたの会社の近くまでお金を返しに行くわ。お借りした三千円を返しにね」

三千円というところを強調した。ありったけの軽蔑《けいべつ》の感情をこめた。それが長原にも伝わったのだろうか、今度は彼の方から反撃に出た。

「だいたいなあ、夜中に他人《ひと》のうちに来るのにどうして帰りのタクシー代持ってこないんだよ。信じられねえよなあ」

「そうね。おかしいわね」

自分でもぞっとするような声が出た。

「わかったわ。じゃ、もう三千円はお借りしないわ。そのかわり、おたてかえしたお寿司の代金を払ってくださいな。あなた、さっき電話で言ったわよね。寿司を買ってきてくれって。だから私はそうしたまでよ。自分の分は私が払うわ。だから後、千五百円ください。あ、折詰め代が入るから千五百五十円」

「金はその千円しかないよ」

長原はきっぱりと言った。頑固な男なのは前から知っていたが、こう金にからんで意固地になると、その姿は醜悪でさえあった。

「それにオレ、なにも上寿司を握ってもらって来いなんて言わなかったじゃないか。そこらへんで売ってる〝ホイホイ亭〟のいなり寿司かなんかでよかったんだよ。とにかく腹が減ってたんだから、食べられるものでよかったんだよ。なにしろ君は贅沢すぎるよ。女のくせにやたらと金を使えばいいと思っているんだから」

美登里は呆然《ぼうぜん》とした。そしてはっきりと別れの時を決意した。これほど徹底して俗悪な場面を見せつけられると、何の未練もない。それは何日か後、すっかり感情が修整された美登里が、あれはひょっとして自分と決着をつけるための長原の戦略だったのではないかと思ったほど露骨なものだった。大の大人が三千円やそこらであれほど争った時間は、そう推理しなければ、理解できるものではない。

「そうですね。私ってお金の使い方が荒い、いけない女ですね」

怒りが頂点に達すると、美登里は頭が透きとおってくるようなところがあった。言葉はいっそうなめらかに冷静になってくる。

「あなたのおっしゃることはよくわかりました。だけど、とにかく私はここから帰らなきゃいけないんです。私は今夜、あなたへの好意から、あり金をほとんど使っていたんですね。いま財布の中には小銭しかありません。どうしても三千円欲しいんです。こうして夜明けまで争っているわけにもいかないでしょう。あなたの財布の中には確かにそれだけのお金があるんですから、今日一晩だけ貸してください。明日になったらすぐお返ししますから」

後半、長原はあらぬ方を見ていた。美登里の問いかけにも彼は答えなかった。もはや、二人の間で問題になっているのは三枚の千円札ではなかった。それがわからないいらだちが、長原には憎悪、美登里には軽蔑となってあらわれていたのだ。

二人はテーブルをはさんでしばらくにらみ合っていた。

折れたのは美登里の方だった。寝室に駆け込むと、空《そら》でいえる女友だちの電話番号を回していた。

「もしもし私、寝てた？　あたり前よね。いま午前三時……ごめんなさい、こんな時間。ねえ、私、いまとても困っているの。友だちのうちにいるんだけど、うちに帰るお金がないの……。ううん、その人も持っていないの。だからうちに帰れないの……え、だめなの。その人、その人、泊めてくれないのよ」

そこで初めて美登里は泣き出した。ぬぐっても涙は後から流れてくる。鼻水で手の甲はびっしょり濡れて、美登里はそれを例のピンクの毛布でぬぐった。

「いい……じゃ、今すぐ行く。本当にごめんなさいね」

リビングルームにもどった時、長原は新聞を読んでいた。その横顔はかなりの冷静さをとりもどしていて、酔いがすっかりさめているのがわかった。

「千円、ここに置きます」

そのまま黙って帰るのはしゃくだった。泣き顔をチラッとでも見せたかった。そしてとびきりの皮肉も最後に置いてきたかった。

しかしうまい言葉は何ひとつ出てこなかった。

「友だちが起きて待っていてくれるから、その人からお金を借ります」

「気をつけて」

長原は新聞から目を離さずに言った。

それは決定打にはならなかったが、大きな原因とはなった。それから半月後、四回ほど寝てから二人はもう二度と会わなくなった。長原に女ができたからである。

あの夜から別れへと続く日々のことを、美登里は奇妙に憶えている。

泣きじゃくりながらドアをたたいた、代々木上原の美佐子のマンション。真夜中だったにもかかわらず、美佐子はストーブをたいて待っていてくれた。テーブルの上には熱いお茶があった。

ラジオ番組のスクリプターをしている美佐子は、美登里よりも五歳上で、辛辣《しんらつ》であまりにも鋭い感性が邪魔していたのか、その時まだ独身であった。

「さ、タクシー待たしてあるんでしょう。早く払ってきなさいよ」

と彼女は用意していたらしい札を、美登里に投げるようによこした。

「でもよかったじゃない。これであんたもふんぎりがついて。ようやっとその気になったでしょう。ここまで嫌な目に会えば、いくらあんただってわかるわよねえ」

「わかるってなにが」

美登里は泣いてやや腫《は》れぼったくなった目で美佐子を見つめた。

「きまってんじゃない」

頰骨が出ている美佐子は、鼻で笑うようにするととても意地悪く見えた。

「男がまるっきりあんたに惚れていないってことよ」

「そんなことないと思う」

いつのまにか庇《かば》っていた。というよりも美佐子に対して虚勢をはっていたのだ。

「あの人すごく機嫌が悪かったのよ。お金がどうのこうのってことじゃない。とにかく虫のいどころが悪くて、私に八つあたりしたんじゃない。あの人がそういうことをできるのは私だけなんだから」

「そうかしらね」

美佐子は煙草のけむりを吐きかけるようにしながら、美登里に近づいてきた。

「だってさあ、考えてもみなさいよ。女の子をひとり真夜中にほうり出すのよ。お金もあたえないし、送ってもいかない……。ちょっとミーちゃん、あんた本当に好きなのね」

「好きって何が。彼のことを好きかどうかってこと？」

「違うわよ」

美佐子は大きすぎるような笑い声をたてた。外見よりははるかに暖かいものを、心の底に持っているということを知りつくしていなかったら、ひっぱたきたくなるような女だった。

「私はまたね、あの長原っていうの、あっちの方がすごくよくてさ。それであんたが離れられないと思ってたのよね」

「そんなこと、ないと思う」

美登里はやや口ごもった。

「そうよね。そんな女だったら、わたしゃ、あんたを軽蔑するわ。ま、男にからだでひきずられる女っていうのもいいけどね、あんたや私には似合わないわね」

そして美佐子は美登里をのぞき込むように念をおした。

「とにかくこれで、あの男とは終ったんでしょ。もうこんなこと二度とごめんよ。アホな男とケンカするアホな女のために、真夜中に起こされちゃたまんないもん」

あの時、美登里は確かにうなずいたはずだった。それなのに三日後、美登里は長原の電話番号をまわしていたのだ。

さまざまなことを確認したかったのだ。

まず自分が本当に長原と別れられるかどうか。長原は再び自分のことを邪険に扱うのかどうか、念のために。

そしてなにより、長原とのセックスが、自分の中でどれほどのパーセンテージを占めているかということを、〝体を張って〟美登里は調べてみたかった。

電話に出た長原は意外なほど屈託がなく、美登里がまた自分の部屋を訪れることになんの疑いもないようだった。

次の時、誘ったのは長原の方だった。夜中から明け方まで、三回二人は交わった。朝陽がさし込む部屋で、長原は軽い寝息をたてていた。その傍で、美登里は裸の腕を何度も上下させた。ひどくのびやかな気持ちになっていた。

あの時、あのまま別れないでよかった。心の底からそう思った。

三回もした――。これでモトがとれた。

確かにあの時、美登里はそんなことをつぶやいていたのだった。そんな残酷で、わい雑な言葉をいう自分に、たとえようもなく満足していたのは、なぜだったのだろうか。

「さっきのフランス料理、おいしかったわ」

窓の外をスキー板をのせたワゴン車が走っていく。空港が近づくにつれ、車が多くなっていくようだった。

「小牛のキョウセンっていうの、あれもおいしかったわ。キョウセンってどんな字を書くのかしら」

「胸の腺って書くんじゃないかな。たぶんそうだよ」

「そう。信じられないぐらいやわらかいのね。あのお店、よく行くの」

「いや、そうめったには行かないよ。内地から大切な客が来た時だけだ」

「私って大切な客？」

「もちろんですよ。あなたは有名人だし、それに昔からの知り合いだ」

長原はまたやわらかく美登里の手を握った。

「長原さん、今でもあなたお寿司お好き？」

「ああ、好きですね」

「北海道のお寿司っておいしいんでしょうね。私、誘われていたのよ。一回ぐらい行ってみればよかったわ」

「札幌のはそう旨《うま》くない。やはり寿司だったら室蘭か函館へ行った方がいい。魚の鮮度がまるっきり違うからねえ」

「そう。おいしいでしょうね」

不意に美登里は言ってみた。

「これからでも開いている店、あるのかしら」

長原の指がピクッと美登里を叩いた。

「ありますよ。いくらでも。すすき野には夜中までやっている店がいっぱいある」

「でもそれは、飛行機が間に合わなかった時のことだわ。とにかく全力をつくしてもらわなきゃ。ねえ、運転手さん」

最後の方でまた美登里は声を張り上げた。

「全力はつくしますけどねえ。ちょっと見てくださいよ。これ」

さきほどから信号のたびに車が増えていく感じはしていたのだが、「工事中」という赤ランプが続いていた。思わぬところで渋滞が始まっているようだ。

「チェッ、ついてないなあ。除雪作業がここんとこ一段落ついたらこうだもんなあ。お客さん、何とかやってみますけどねえ。間に合わなかったら堪忍してくださいよ」

と、人のよさそうな初老の運転手は言った。

さっきからの二人の話が聞こえないわけではないだろうに、それでも車を急がせようとする律義さが、美登里にはいたいたしかった。しかしこれは、後ろの座席で女の乳房をいじくりまわしている男がいるというのに、まっすぐに前を見て車を走らせなければいけない男の、自然な防衛本能なのかもしれない。過剰な好奇心を捨てなければ、運転手などという仕事は一日も続かないに違いない。

「このまま引き返したっていいじゃないか」

また長原がささやく。

「そうはいかないわ。明日の朝いちばんの便を予約しなければならないんですもの」

そう言った後で、美登里はしまったと思った。七年ぶりで初めていいカードをつかんだのである。このまま行けば、長原についに口説き落とされたというかたちになるのだ。キーワードをなにも自分の口から言うことはなかったのだ。

しかし長原は聞こえないふりをしている。そのくせ手は離さない。ふと美登里はこの男をもう少しいたぶってみたくなった。

「ねえ、長原さん。あの女の人、どうしたの」

「あの女の人って誰ですか」

「しらばっくれないでよ。どこかの広告プロダクションに勤めていた女性《ひと》じゃなかった。ほら、私と両天秤かけていて、結局そっちをとった女性」

「人聞きの悪いこと言わないでくださいよ。僕はあなたと別れた後、傷心いやしがたく田舎に帰ったんですよ」

「嘘おっしゃいな。いいじゃない、もう時効なんだから。すごく綺麗な人だって噂に聞いたわ。どうしてその人と結婚しなかったの」

「いやあ……」

雪が薄く反射する闇の中で、しばらく長原はためらっていたようだった。

「女の人って誰でも同じだと思った」

「私もその人も」

長原はこっくりとうなずいた。

「確かにあなたのことは好きだったし、愛だと思う時もあった。だけどあなたも気づいていたと思うけれど、オレたちはケンカばかりしていて、もう駄目になるのを待つばかりだったでしょう。こう言うとわざとらしく聞こえるかもしれないけれど、お互いのために別れた方がいいと思った。けれども次の女の人も、そうあなたと変わりないんだ」

「やっぱり嫌な女だった」

「いや、素敵ないい人だったと思う。性格も感受性もあなたと違う意味でいい女だったと思う。だけど彼女はあなたと同じようなところで怒るんだ」

「わかるわ……」

「それは怖しいほど同じだった。そして彼女もあなたと同じようなののしり方をするんだ」

「相手は変われど、主変わらずってことね……」

「オレは本当にわからなかった。そしてすべてのことがめんどうくさくなった。そして親父が死んだのをきっかけにうちに帰ったわけだ」

「そして今ではわかる……」

「漠然としたことはわかる。だけど今知ったことを七年前のオレはやっぱり出来なかったと思う」

「後悔している？」

私のことを、という言葉を、美登里は奥深く飲み込んだ。答えはわかっている。後悔しているとも。だから、さあ、飛行機はあきらめるのだと長原は言うに違いない。

ありふれた結果になったと美登里は思った。後悔にさいなまれていたものを、とりもどせるのではないかという錯覚によって、たぶん明日の朝、二人は後悔をまたつくって別れることになるのだろう。それがわかっているというのに、美登里のからだの中でまた熱いものが動き始めた。長原の指は再び彼女の太ももをなぞり始めたのだ。

行きずりの男に抱く欲望と全く同じものだった。共通の過去をいとおしむ気持ちよりも、すぐ未来のアバンチュールへとはやる気持ちの方が強かった。美登里はゆっくりと唇を嚙みしめる。乱暴で原始的なものに身をゆだねさえすればいいのだ。

「こりゃー、まいったなあ」

突然、運転手が大きな声をたてた。高速の手前で車の流れは完全に止まっていた。家路へ向かうスキー客たちが、工事の道を避けていちどきに集中したらしいのだ。前の赤いファミリアはぴくりとも動かない。幾つかのスキー帽のシルエットが窓から見える。

「前の車、どうにかならないかしら。あれを越すともう少しスムーズに行くんじゃない」

「ちょっと無理ですなあ。この流れで追い越しはねえ……」

「あら、七時四十分。あと少ししかないじゃない。千歳の空港っていうのは結構歩くのよねえ。私、ロビーをバタバタ歩く人ぐらいみっともないものはないと思っているの」

美登里のいらだちが伝わったのだろうか、赤いファミリアはややあってまた動き出した。

「お客さん、あの角を過ぎると案外ラクになるかもしれませんよ。函館の方へ行く車がみんな曲がりますからね」

「本当にそうよ、みんな曲がっちゃえばいいのよ。嫌だわ。あのファミリア、空港まで行くのかしら。憎ったらしいわね」

「抜いてみましょうか」

「まあ、本当。ぜひぜひやってほしいわ」

運転手はアクセルを踏んだ。前に見えていた青いトラックがぐんと近づいたかと思うと、赤いファミリアは後ろに遠ざかっていた。運転手は器用に、車をトラックと乗用車の間にすべり込ませた。この二つの車にはさまれて、タクシーはいい流れにのったようである。先ほどまでのぎこちなさは嘘のように、タクシーは徐々にスピードをあげ始めた。

金属音がした。ふと顔をあげると、北の夜空を横切る銀色の翼が見える。

「あら、空港もうじきね」

「次の角を曲がると見えてきますよ」

「間に合いそうね。よかったァ」

美登里はもう一度深々とシートに腰をおろした。長原と目が合った。美登里はかすかに顔を赤らめた。

「どうしたらいい。飛行機、間に合いそうよ」

「間に合っても、間に合わなくてもキャンセルすればいい」

長原はおだやかに笑った。その時初めて、美登里は彼の唇の端にシワが刻まれているのを知った。

サーチライトに照らされた白い建物が見えてきた。山の陰に隠された秘密の要塞のように空港は活気に満ちていて、それは今まで走ってきた人気のない雪道とは対照的だった。

「お客さん、全日空かね、日本航空かね」

「全日空の方よ」

タクシーは煌々《こうこう》と明りがついたロビーの前にすべり込んだ。離陸時間十分前だ。

「たぶん、駄目だと思うけれど」

美登里はいつのまにか小走りになっていた。

「一応、カウンターに聞いてみるわ」

そこには二人の若い女が立っていた。職業的な悠然とした笑いが、その時、まだ十分に余裕があることを美登里に告げていた。

「はい、大じょうぶでございますよ」

女はてきぱきと機械をうち、航空券を美登里に渡した。

「十七番口でございますので、どうぞお急ぎくださいませ」

「ありがとう」

チケットをわしづかみにして、大股で歩き始めていた。だから自分のすぐ後ろに、長原が立っているのを見つけた時、美登里はひどく唐突な思いにかられたのだ。

美登里は再びこわばった笑いをうかべた。

「というわけなんですよ。ごめんなさい。でも長原さんもまた東京にいらっしゃることあるでしょう。そんな時は連絡してくださいね」

ひと息に言う。

「ありがとう。あなたも忙しいけれどからだに気をつけてください」

いつのまにか、ネクタイの結び目はきちんとなっていた。蛍光灯の下で、長原は青白く、そしてやや老けていた。それは美登里が東京でよく見知っている、これからも会い続けるであろう働く男の顔であった。決して暗闇で恋をささやくそれではない。

「じゃあ」と言って、長原は握手を求めてきた。

「本当に、ごめんなさい。どういうことかしら。えーと、せっかくここまで送ってくださったのにごめんなさい」

歩きながら、早口で喋《しゃべ》りながら握手をする。これは都会で美登里がよくやる動作だった。長原の口元に苦笑いがうかんでいる。

「じゃ、ここで僕は失礼しますよ」

「でも懐かしかった。嬉しかったわ。本当よ。じゃ、長原さん、奥さんによろしく。東京にいらしたら電話をくださいね。じゃ、どうも、さようなら」

にわかに饒舌《じょうぜつ》になった美登里は、エスカレーターに乗ってもまだ喋り続けていた。下のロビーで目礼をかえす長原は、みるみる遠ざかっていく。

もう二度と会うことはあるまい。

だからこそ美登里は、最後に再びニッコリと男に笑いかけたのだ。

「お客さま、お急ぎください」

搭乗口前でスチュワーデスが、にこやかな威厳をもって美登里をせかした。

機内では離陸を待つばかりの人たちが、雑誌を読んだりイヤホーンを耳にあてたりしながら、遅れてきた美登里にとがめるような一瞥《いちべつ》をくれた。しかし、思っていたほど混んではいない、空席がいくつか目立つ。美登里も後ろの窓際に坐ることができた。

窓に目をやる。

いつのまにか雪が降り始めていた。滑走路のライトがあたる部分にだけ斜めに、白い雪が落ちていくのが見える。それだけ切り取られた、まるで芝居の書き割りのような雪景色だった。

最後の土壇場で、長原が執拗《しつよう》に誘わなかったことが、気にかからないといったら嘘になる。しかし、そんなことは東京に着くまでに忘れるだろう。

美登里はコンパクトを開いた。離陸前、機内の明りがいったん消された時だ。こんな暗さ、この程度の雪あかりだった。鏡をもう少し右に寄せてみる。それはさっき車の中での長原の視線の位置だった。ところどころ化粧がはげ落ちているとはいうものの、派手やかな顔立ちの、自信に満ちた女の顔があった。

「そう悪くないじゃないの」

長原はおじけづいたのだと思うことにした。

そうして美登里は、暗い機内で、くすっと満足気な笑いをもらした。

自分も長原も、なんと意地汚ない存在なのだろうか。

一瞬、にぶい痛みは確かに走ったものの、美登里は何くわぬ顔で鏡を閉じた。雪はまだ降り続いていた。

エンジェルのペン

一杯のコーヒーのために、女はワゴンをひいてきた。

白いブラウスに黒いロングスカートといったいでたちは、女がもしヴィオラ奏者だと名乗ったとしたら誰もが信じたに違いない。そして彼女と銀色の砂糖壺《つぼ》は、八百円のコーヒーをいかにもそれらしく見せていた。

浩子は何度来てもこのホテルのラウンジに慣れることができない。浩子の感覚だとたかだかコーヒーぐらい、街の喫茶店で飲めばいいと思うのだが緑川はそうはいかないらしい。大手の出版社の編集者である彼は、贅沢なところやものがひどく好きである。

「物を書く人間っていうのはね、金をうんと使わなくちゃいけないんだ」

というのが彼の口癖だ。それを聞くたびに浩子は薄く笑う。

「ものを書く人間だって……」

浩子はまだ自分のことを何と名乗っていいかわからない。

「作家だよ、作家にきまってるだろ。小説を一作でも書けば作家と名乗っていいんだよ」

緑川は怒鳴るように言うのだが、ホテルに泊まったりする時の肩書きはいつも無職だ。この、無職という言葉には無責任なようで自由な雰囲気があって浩子は気に入っている。これこそ今の自分にふさわしい肩書きだと思っているのだが、緑川は反対する。

「そういう弱気が、君のもうひとつプロになれないところなんだよ」

といまいましそうに言う。浩子は緑川のこういう強気なところが決して嫌ではなかった。緑川にかぎらず編集者というのはたいてい強引なところがある。売れっ子の作家に群がって原稿を書かせ、奪い取るように原稿をさらっていくのが彼らの生業《なりわい》といってもいいのだが、浩子程度のものにそこまでのことをする編集者はほとんどいない。緑川はただひとり、自分をある場所へ連れていこうとする人間だと浩子は思っている。それが彼を好きな原因かもしれない。

二年前、浩子はある中間雑誌の新人賞に応募し、入選作該当なしの佳作第一席になった。

「古顔の安藤祥子からにらまれようとも、裕美、悦子、美千代の三人はひまさえあれば湯沸室に集まった……」

こんな書き出しで始まる八十枚の短篇はほとんど実話で、主人公の裕美というのは自分の名前をもじったものだ。物語は裕美を中心に三人のＯＬが、大嫌いなハイミス・安藤祥子のオフィスラブの相手をついにさぐりあてるという他愛ないものだったが、これを審査員のひとりの有名作家がほめた。

当時浩子は二十六歳でまだ若いといわれる年齢だったこと、現役のＯＬだったことがマスコミの好奇心を動かして、一時は取材もいくつかあったものだ。

「主婦作家からＯＬ作家の時代へ」などという週刊誌の見出しを今でも浩子はよく憶えている。

自分では舞い上がっているつもりはなかったのだが、気がついたら会社をやめていた。賞金の三十万円があって懐が多少暖かくなったのと、やはり社内の居心地が悪くなっていたからだ。祥子のモデルになったのは晶子というやはり三十二歳の女で、小説が世に出るのだったらちゃんとした仮名をつくっておくべきだったと浩子は後で悔やんだものだ。

「私を笑いものにして。おぼえてらっしゃい」

退社まぎわに言われた言葉も後味が悪い。

それが心にひっかかったわけでもないのだが、いざ自由の身の上になっても、浩子は原稿用紙に向かうことができなかった。

「小説を書いたのはもちろん初めてです。平凡なＯＬの私が、小説を書けるなんて自分でも思ってもみませんでした」

と浩子はインタビューに答えた。だがこれは嘘だった。実はある新聞社が主催する「小説の書き方セミナー」というのに通ったこともあるし、完結しなかったものの四つほど短篇を書いたこともある。

あの頃の浩子は、短大を卒業してすぐに勤めた会社に、吐き気がするほどうんざりしていた。毎朝コピーをするために手渡される書類は、両の腕で持ってもずっしりと重く、茶碗の中に必ず吸い殻を入れる上司がいた。それに二十六歳という年齢は、高卒が多い職場でかなり目立つようになっていた。そんな中で、自分は小説を書いているというのが浩子の秘かな自負であった。

「私はあなたたちとは違うんだから。今にきっとアッといわせてみせるから」

おしゃれなスターの噂話にはしゃぐ同僚に向かってつぶやく時もあった。

ところが自分の書いた小説が雑誌に載り、ほんのひとときにせよ彼女たちが「あっ」と言った時、浩子はもうすべてのことが終ったような気がしたのだ。「晴れて」という言い方はあたっていないかもしれないが、重役まで顔を見に来るほど注目されて、そうみじめなやり方でなく会社をやめ、確かに気はすんだのだ。

浩子はぼんやりと毎日をすごした。本は多少読んだりしたものの、犬を散歩に連れて行ったり、結婚した昔の友人と会ったりしているうちに半年が驚くほどの早さですぎた。

浩子の小説が載った雑誌の編集長は久松といって、最初の頃はしつこいほど電話をかけてきた。

「のんびりするのはいいけれど、そろそろ次作を書かなくてはね。新人はまず長篇を書かなくちゃ駄目ですよ。あなたの素質はむしろ長い方だと私は思ってるんです。どうです、次の号をやってみませんか」

久松は浩子の住む経堂まで出かけてきては熱心に口説いた。浩子はいいかげんめんどうくさくなっていた。それでいつもこんなふうに答えた。

「書けるようだったら書きます。書き始めないとわからないから」

久松はそれでは次号の予告に入れますから、よろしくと何度も言うのだが、浩子はこの場を早く終らせたいとそのことばかり考えていた。実際、原稿用紙に向かっても書くことが何もないのだ。それでも浩子は律義な性格だったから、一週間以内に必ず久松に電話をかけた。

「あの、やっぱり書けませんでした。申しわけありません」

それを三回ほど続けたら、久松はにこやかな声でこう言うようになった。

「曾根さんは強いて書かせるタイプのようじゃないようですな。気が向いて何かお書きになったらいつでも電話をください。うちの方はいつでもページをあけて待っていますから」

今でも時々彼からは電話はあるが、話が前ほど具体的になることはない。浩子は短いエッセイや感想文を女性誌から頼まれて時々書いたが、それ以外はほとんど仕事をせずに一年近くをすごした。

浩子にこんな気まぐれができたのは、彼女が一人暮らしではなく、どちらかというと余裕がある家のひとり娘だったからということができる。浩子は義理の父と母、それに四つ違いの弟と一緒に暮らしていた。浩子が中学生の時に母と再婚した義父は、やり手の不動産業者で、都内にひとつマンションを持っていた。五十を少しばかりすぎた母はまだみずみずしくて自分のことに忙しく、娘の行動にそう目くじらをたてることはない。

義父も気のいい男で、

「浩子みたいな頭のいい女は、ようく選んで見くらべてから嫁《い》った方がいいぞ」

と母親と顔を見合わせては言う。小遣いも不自由することなく、久松の言う、

「曾根さんはお嬢さん育ちだから欲が無い」

という言葉も、そうあたっていなくはないのだ。

「やあ！」

という声で浩子は後ろを振り返った。緑川の声は大きい。すぐそばから声をかけられたと思っていたのに、彼の姿はまだロビーを横切っている最中だった。だいぶ薄くなっ

た髪と小柄なからだは貧相といってもいいのだが、編集者生活二十年という歳月と、流行作家を四人育てたという自信は、彼の声にまずあらわれている。緑川は久松とは別の雑誌の副編集長だ。

「曾根君、このあいだのやつ評判悪いね」

ソファに腰かけるなり緑川は言った。このあいだのやつというのは、緑川の雑誌に書いた「桜街道心中」という百五十枚の中篇だ。それは一年半ぶりに浩子がやりとおすことができた仕事で、例によって彼女はそのことだけに満足していた。緑川は久松のようにおだやかに「やっていただけますね」などとは言わず、いきなり浩子をホテルにほうり込んだのだ。そうでもされなければ、自分に最後まで小説など書けるはずはないと思っていたから、浩子はむしろ緑川の乱暴さに感謝していた。それなのにのっけからこの言い方はないではないかと、浩子はむっとした。

「そんな顔をして人を見るもんじゃないよ」

緑川はおかしそうに笑った。

「そういうところが君はまだまだネンネなんだよなあ。まあいい、まあいいさ。評判が悪いってことはそれだけ気にかかるっていうことなんだから。小説家にとっていちばんの酷評は無視ということなんだ。それだけは憶えときなさい」

そう言って緑川は、注文をとりにきたさっきの女に「紅茶」と怒鳴った。

「これは僕自身が思ったことなんだけれど、ヒロインの菊子という女性は、絶対に性格描写が弱いね。コケティッシュな女だとしつこく書いていたかと思うと、突然古風で気弱なところを見せたりする。矛盾だらけだよ」

浩子は腹が立った。「桜街道心中」は本当にあった話なのだ。短大時代、同級生が年下の修理工の青年と心中未遂事件を起こしたことがある。その時の騒ぎを小説に仕立てたものなのだが、浩子が知っている百合子という女は実際にそのとおりの女だった。正直にありのままを描写してどうして非難されることがあるのだろうか。

「君は本当に、まるっきり小説っていうものがわかってないんだな」

緑川はしきりに頭をかく。しかし次の瞬間、ちらっと舌なめずりした。

それはこれからものを教えようという意欲に燃えた時の彼の癖だった。

「いいかい。本当にあったことをそのまま書いたって少しも小説にならないじゃないか。君はよく僕が文句を言うと『だってホントのことなんだもの』って必ずふくれるだろ。それは虚構というものがまるっきりわかっていないんだよ。虚構っていうのはつくり話さ。本物を削ったり飾ったりすることによって、その本物よりさらに素晴らしいニセ物をつくるんだ。ニセ物が本物より人の心を魅《ひ》きつけるっていうのが小説の世界なんだ。君のデビュー作『湯沸室の午後』には確かにリアリティのおもしろさがあった。それが魅力といえば魅力だったんだろうけれど、はっきりいってあれはまだ小説じゃなかったね。わかるだろ」

「じゃ私、どうすればいいんですか」

浩子は憮然《ぶぜん》として言った。

「私ストーリーなんて考えられないもの。実際にあった話を正直に、小説っぽく書くことしか出来ませんもの」

「最初はそれでいいんだよ。君の書くものの魅力っていうのは、何度も言うようにリアリティのきらめきだからね。当分はそれを大切にしていけばいい。ところでうちの九月号、百五十枚、書けるね？」

緑川が浩子に急速に近づくことができた理由はこんなところにあった。たった今けなしたかと思うと、数秒後にはほめて次の原稿を命じる。そのあわただしさに気をとられているうちにいつのまにか浩子は約束をさせられているのだった。

「でも私、もう書くことないわ」

浩子は我ながらあきれるほど甘えた声を出していた。他人から指摘されるほど人づき合いが悪く、とりつくしまがないといわれる自分が、緑川にはたやすく心を許しているのだ。

「私、ふつうに育って、まだ二十八年しか生きていないんですよ。波瀾《はらん》万丈の人生をおくったわけでもないし、あのOL時代の話と、短大の時の友だちの心中騒ぎが今までの私の二大事件だったんですよ。それを書いちゃったから、もう書くことないんですよ」

「それが不思議なもんでね」

緑川は運ばれてきた紅茶を目を細めてすすった。やわらかい湯気がそこだけは濃い眉を隠すようにのぼっていく。

「耳クソも、何にもない、綺麗だと思っていても、一生懸命耳をかき出すと、白くて大きいものがポロッと出てきたりするじゃないか。思い出なんてそんなもんで、やたらひっかけばひっかくほどどんどんとれていくもんさ」

そう言ってもうひと口、緑川は紅茶をすすろうとした。口をとがらすと唇の両脇には深い皺《しわ》が寄って、それを浩子は懐かしいものを見るように眺めた。その時、一瞬なにかひらめくものがあった。

「もしかしたら――」

彼女は言った。

「私の両親のことを書けるかもしれないわ」

「おたくのご両親？」

「そうなんです。お話ししたことがなかったかもしれませんけど、うちの両親っていうのは私が小学校六年の時に離婚しているんですね。原因はお恥ずかしいんですけれど、うちの母親が他の男の人を好きになってしまったんです。若い時はなかなか綺麗な人だったんですよ、母は。それで私の父は教師でしたけどとてもおとなしい人で、母が出て行った時、目にいっぱい涙をためて柱時計を見ていたんです」

ものにとりつかれたように、言葉が次から次へと出た。それは、浩子が長い間気にしまい、たいしたことではないと思い続けた末に、かえってかたくなにこびりつかせていた記憶だった。

「それ、ヒロインは君にするのかい、それともお母さんにすんのかい。子どもにすると、ちょっと弱くなるかもしれないなあ。うん、やっぱりお母さんの眼で小説を書いた方がいい」

しきりにうなずく緑川を前に、浩子はやっとためらいに似た気持ちが生まれ始めた。

「でも母がそれを読んだら傷つくかもしれません。母はいまの義父とその後再婚して幸せにやってますから」

「わかってないなあ」

緑川はじれるように身をねじった。

「ほら、実際にあったことをそのまま書こうとするからそんな心配をするんだよ。いい素材をあくまでも小説に仕立てるんだ。人からなんか言われたら『小説です』って胸をはってればいいんだ。じゃ、来月の五日までに百五十枚、できるね、いいね」

赤坂から地下鉄で新宿に出た後も、浩子は興奮が続いていた。

自分ではそれを秘密だとも思っていなかったのだが、今まで誰にも喋ったことがないのだから、やはり暗い秘密というやつになるのだろうか。母の明代が底ぬけに明るい女で、自分の心の動きを高校生になった頃から浩子にはこと細かに説明していたから、母に対する嫌悪感はほとんど芽ばえなかったといっていい。それに小さい時から母に似て器量よしだと他人に言われ、成績もよかった浩子は誇り高く育っていて、自分が他人より劣っていると考えることは耐えられなかった。小説を書き始めたのも、あの会社でとりたてて才のない女に混ざって働くことに嫌気がさしたのだと最近ようやくわかった。さらに深読みすれば、久松の原稿依頼にあまり乗り気になれなかったのも、懸賞小説の佳作までいった舞台で、ぶざまな真似をしたくないと思ったからに違いない。そんな自分が緑川にはいろいろと打ち明け、小説を書こうと決心しているのだ。

いったんは小田急線の乗り場に行きかけたのだが、浩子は思い直して赤電話の前に立った。

「品田さんお願いします。広報部の……」

「オレじゃないか。気取った声を出して」

ダイヤル・インなので男が直接出るのはそう不思議ではない。しかしのっけからの声を浩子は耳に流してしまった。三カ月ぶりに聞く声だった。

「いま、新宿に来てるの、夕食をご馳走してよ」

浩子はわざとぞんざいな声を出した。

「オレだって忙しい身の上なんだぜ。いつも急だなあ、もしオレに先約があったらどうするつもりだったんだよ」

「他の男と食べるわよ」

充彦は受話器の向こうで低く笑った。それはあいかわらずだなあ、というふうにもとれたし、そんな男はいない癖にというふうにもとれた。この男は昔からひどく自信家だった。

西口の高層ホテルのティールームを充彦は指定してきた。それは彼の勤める会社と目と鼻の先にある。

「七時までには必ず行く」

と充彦は言ったがあまりあてにならない。時間にはいつも遅れる男だった。

ひところ、浩子と充彦はいつ結婚するのかとよく人に聞かれる仲だった。有名私立大に通う充彦に出会ったのは、浩子が短大に入学した年で、場所はおきまりのダンスパーティーだった。二人が結局自然解消というふうになったのは、いわゆる永すぎた春というのが大きな理由だったが、それよりもお互いの性格が似すぎていたからだろうと浩子は思う。

充彦もあまり自分の感情を外に出さない人間で、それが内向的な性格からくる冷たさだとわかるのにそう時間はかからなかった。充彦も浩子と同じように、自分のペースをこわされることをひどく嫌うのだ。

浩子が短大を卒業して一年目、もののはずみのように、二人が結婚を真剣に考えたことがあった。その時ある電気メーカーの重役をしている充彦の父親と母親が、大反対を唱えたのだ。はっきりと口に出してこそ言わないが、浩子の母親や義理の父のことに原因があったと浩子は思う。その時、充彦はあっさりと、

「親父たちが反対しているんだから仕方ないよなあ」

といってのけた。浩子もただ「そうね」とだけ言って、怒ることもぐちることもなかったが、その瞬間充彦に対して持っていたたくさんの感情のほとんどを失ってしまったような気がするのだ。

それなのにその後五年以上も浩子は充彦と関係を続けてきた。彼が初めての男性ということもあった。それよりもめんどうくさかったのではないかと浩子はよく思う。接近してくる男性も何人かはいたのだが、充彦と別れ、その中のひとりとまた一からやり直さなければいけないという想像は、少なからず浩子をうんざりさせた。それよりも多少不満はあっても、しっくりと体になじんだ充彦に愛着に近い気持ちがあった。

それは充彦の方も同じだったらしい。ちょくちょく小さな浮気はしたものの、ほんの二年前まで二人は恋人同士といってもよかったのだ。

七時を十五分遅れて充彦は姿を見せた。浩子より二つ歳上だからもう三十歳になるはずだが、充彦は年齢よりずっと若く見えた。スーツを嫌って、いつもブレザーといういでたちも彼には似合う。

「イタリアンでいいだろう。下を予約しといたよ」

と充彦は言って、自分は坐ることもせず浩子を急がした。

『桜街道』っていう小説読んだよ」

充彦がぽつりと言い出したのは、エスプレッソを飲んでいる時だった。

「あれ、百合子のことだろう」

彼女は浩子のグループにいた時もあり、充彦とは何回となく一緒に遊んだことがある。

「ありゃ、ひでえよ」

充彦は顔をしかめた。端正な顎のところに少し傷があるのは大学四年の冬につくったスキーのケガだ。

「百合子はあれからあの男と別れて、ちょっとアメリカ行ってきたんだろ。親が必死で事件隠そうとして金を使ったんだってな。まだ結婚はしてないらしいけど、横浜の方で勤めてんだろ。なんか向こうの方の会社でさ……。何て言ったかなあ、元木のやつなら分かるな。ま、いいや。だけどひでえぞ。菊子なんて名前にしてあるけどよ、知ってるやつが読めばミエミエじゃないか。あれじゃ百合子が可哀相だぞ」

「いいんだったら」

浩子はコーヒーの最後の苦みを飲み込んだ。

「あれは小説なのよ。百合子とは関係ないわ。確かにヒントはもらったけど、彼女はモデルじゃないんだもの。それに私たちの仲間なんて忙しいんだから、誰も小説なんか読みやしないわよ」

「そんなことないぜ。現にお前が二年前に賞をとった時にさ、オレの友だちなんかやたら電話かけてきたもの。あの中に出てくる金持ちのボンボンは品田かってさ。いい迷惑だったぜ。おまけに、これで品田も女流作家のヒモになれるな、なんてバカなことをいうやつもいてさ、ホントに腹たったよ」

「そんなこと、もういいじゃないの」

浩子は乱暴にナプキンで口をぬぐった。

「ご馳走さま。悪かったわね。嫌な女が呼び出したりして。ご気分悪くしたでしょうから、ここは私が持つわ。百合子のことを書いて稼いだなんて言われるのはごめんだけど、多少お金はございますから」

「バカだな。そんなに怒んなってば」

そして充彦は不意にテーブルの上に音をたてて置いた。

「これ、どうすんだよ」

二〇一四と書かれたルームキーが、食卓のひかりをあびてにぶく光った。

「早くしまいなさいよ」

浩子は赤くなった。

「先に行っててちょうだい」

声があまりにもたやすくとろけていくのが恥ずかしかった。

シャツを脱ぐと充彦は軽く鼻を鳴らした。

「ふん」

それは欲望の吐息のようにも、照れのようにも浩子には聞こえる。上半身をあらわにした充彦は、たくましいというほどではなかったが、学生時代からスポーツでならしたからだは、筋肉がはっきりと手にとるようにわかる。おそらく海にもういってきたのだろう。充彦の肌はなめらかに茶色に光っていた。

浩子は不意に、このからだを表現するにはどうしたらいいのだろうかと考えた。

「男の肌はやわらかななめし革のようだった」

だめだ。こんな表現はさんざんいろんな本で見たことがある。浩子は充彦の胸に手を触れた。

「どうしたんだよお」

充彦はややはにかんで笑った。

「男の肌はいかにもやわらかげな茶色だったのに、手を触れるとずっしりと硬い手ごたえがあった」

浩子はさらに思いがけないことをした。充彦のブリーフの中に手をのばしていったのだ。

「そこには茶色よりもさらに深い色があり、さらに硬く意志を秘めているものがあった」

充彦は心から驚いているようだった。それまで彼の知っている浩子は、淡泊というよりも自分の欲望に関して非常に無頓着なところがあったはずだ。

耐えきれないように充彦は低く何かいった。やや乱暴に浩子はベッドに連れていかれた。充彦の唇と指が同時に動き出し、浩子は熱い体温にすっぽり包まれる。いつもなら浩子はここで大きな流れに身をまかそうと決めるのだ。残るものがいくつかあったとしても、それは充彦と自分に対する背徳のような気がして、浩子は必死でそちらへ向かおうとする。

けれどもこの日は違っていた。浩子の中で何かが流れをせきとめようとしていた。濁流にのまれまいとする洲は大きくなって、それは充彦を見つめていた。目を閉じているくせに、浩子は大きく目を見開いていた。

少し頭が混乱している。心地よさに身をゆだねてはいけないと思う気持ちと、思いきり心地よくなってもいいという気持ち。けれども後者の感情は浩子にあることを課している。

それは記すことであった。

中編「柱時計」

夫の雄一が帰ってくる時間はかっきりと八時だった。日によってそれが十分早くなったり、遅くなったりすることはあったが、柱時計がゆっくりと八回、時を告げる頃には、たいていの場合、やや猫背の大柄な雄一の姿は玄関の闇の中に見ることができた。

「あの時計の音、私、我慢できないの」

それが七つ鳴る時によく時子は言った。

「うちの人はあれを大切にしているのよ。時々は分解して掃除をしたりしているわ。機械科の教師なんだから、そういうものはお手のものなんでしょうけど、男としてはちょっといじましいわね」

けれども二人が会うのは、いつもその柱時計のある部屋ときまっていた。それは廊下の奥まったところにあって、菓子をあたえられておとなしく遊んでいる子どもたちの部屋からいちばん遠いところにあった。

時おり七つになる娘が、

「お母さま」

と声を出して探している時があった。すると時子はすばやく電灯を消してしまうのだ。人妻とその不倫の相手は、しばらく隠れん坊のように闇の中に身を隠す。二人が息を殺して怖れているのは子どもの声ではなかった。それは重たげに響く柱時計の音だった。

「ああ、嫌な音」

それは七時を三十分すぎたことを告げている。男が出ていかなければならない時間はすぎていた。

あれはいつのことだっただろうか。男は信じられないほど大胆なことをしたのだった。柱時計の音をまるで合図のようにして、男の手は時子の着物の裾を割って入ってきた。それに抗《あらが》おうとする時子の手は、かえって扇型の面積を広くするばかりだった。

男がちゅっと時子の白い足袋の先を吸った。

「ああ」

時子の血液ばかりかすべての液体は、その足袋の上の続いて交差するところに流れるかのようだった。

浩子はその日、新宿駅の売店で「小説都市」を見た。

「気鋭の新人意欲作柱時計」という文字は、目次には大きく書かれているが、表紙にはない。誰でも知っている老大家と女流作家の名が大きく連なっている。けれども浩子にはまるで表紙が透けるように自分のページが見えた。繊細なカットも手にとるようにわかる。小説というのはヤマ場、たいていの場合はベッドシーンやラブシーンをさし絵にするから「柱時計」も、着物の女と男とがからみ合っている図だ。

女は髪をアップに結っていてほつれ毛がなまめかしい。母の明代とは似ても似つかないたおやかな女で、それは浩子を安心させた。明代は若い時から少し太り肉《じし》で、ふだんも洋服一辺倒だった。

緑川のいう「虚構」という言葉が頭をよぎり、それはさらに浩子を明るくさせた。

実のことをいうと、後ろめたい思いが浩子を家に帰りづらくしていて、今まで浩子は一人で映画を見ていたのだった。

さんざん迷ったあげく、浩子はとうとう「小説都市」を買わなかった。手にしていたバッグはごく小さなもので、厚みのある小説雑誌を入れることができない。それを手に持つことは、電車に乗り合わせた人々にすべてを見すかされるような気がするのだ。

「夫はなにもかも知っていたのだ。時子は立ちつくした。その時柱時計は再び鳴り始めた。眠たげな、老爺《ろうや》が膝をうつような音。彼女は告げ口をした相手がやっとわかったのだ」

気に入っているラストシーンだ。浩子はこの箇所を心の中で繰り返しながら帰り道を急いだ。経堂の駅前通りを左に抜けると、静かな住宅地が続いている。浩子のうちはそのちょうど中ほどにあって陽のあたる角地にある。商売柄義父は一等地を選び出して、かなり凝った家をつくったのだ。

門から玄関までのアプローチがゆったりととってあって、門灯が前庭の花々を照らすようにつけられている。

道の途中まで来て、きょうはその門灯が消えていることに気づいた。

「電灯が切れているなら、駅前のスーパーで買ってきたのに」

母の明代はそういうことに気のまわらないところがあった。浩子は小さく腹を立てながら鉄の彫刻をほどこした門扉《もんぴ》を開けた。

「ただいま」

玄関のドアを開けようとした時、おかしなことに浩子は気づいた。家がひっそりと暗いのだ。二階の部屋だけはこうこうと光がもれているが、そこは弟の明宏の部屋だ。両親はどこかへ出かけているのかもしれない。

とりあえず玄関のスイッチをつけて、後ろ手でドアを閉めた。その時、浩子は恐怖のあまり心臓が凍りつきそうになった。見知らぬ女が髪をふり乱して、目の前に立っていた。

それは母の明代だった。人間の目がこれほどつり上がるものか、これほど人相が変わるものかと浩子が目を見張ったのもつかの間、鋭い痛みが頬に走った。ぶたれていた。

「殺してやる」

明代は言った。

「殺してやる。あんたも殺して、私も一緒に死ぬ」

その言葉と、明代の腕がふり落としたものがズタズタに裂いた「小説都市」だとわかった瞬間、浩子はすべてを理解した。

「娘にこんなに恥をかかされて、もう私は生きていけない。お義父《とう》さんにすまない、申しわけない……、私はもうこの家にいられない」

明代の目から涙がとめどなくあふれ出した。気が狂ったように支離滅裂な言葉がいつまでも出てくる。

「あんたなんかに私の気持ちがわかってたまるか。私がどんな思いであんたたちを育てたか。死んでやる……、死んでやる！」

再び「小説都市」が浩子の髪や頬をめがけてふり落とされようとした時、人影が二人の間にとび込んできた。

「母さん落ちついてくれよ。姉さん、ちょっと外に出た方がいいよ、ほら、早く」

門まで息もつかず走った。悪夢を見ているようで涙も出ない。それなのになぜか指は門灯のスイッチを探しあてていた。やわらかい光があたりを照らし出した時、浩子はやっと息を吐き出してその場にうずくまった。

どのくらいの時間がたったのだろうか。人の気配で顔を上げると明宏が立っていた。明代に似て丸顔の童顔がやや青ざめている。

「やっと落ちついたよ。いまベッドに寝ている」

二人はいつしか外に向かって歩き出していた。明宏のサンダルと、自分のハイヒールに目をやった時、浩子は初めて取り返しのつかないことをしたと思った。もう二度とこのまま家に帰れないような気がする。

「あの本、もとはといえば僕が買ってきたんだ。部屋で読もうと思ったらその前におふくろがひったくってさ、

『ダメ、私は母親だから先に読む権利があるの』

なんてはしゃいでたんだ。嬉しかったんじゃないの、よっぽど。僕はそのまま自分の部屋にいたから、叫び声が起こるまで知らなかったなあ……」

浩子はいつしかうつむいていた。

「それにしても姉貴、あんまりだぜ。ちょっとひどいよ。姉貴は作家だからいいかもし

れないけど、僕たち家族は何の関係もないんだから。犠牲にされるのはまっぴらだぜ。特にうちなんか他に比べて複雑なんだから。おふくろもつらかったと思うよ」

頭の中が空っぽになっていくのがわかる。そのどこか片隅の方で、

「ちがうのよ、ちがうのよ」

と必死に声をあげる自分自身がいる。

「とにかく今夜はよそへ行った方がいいよ。友だちのうちでもいいけど、こんな日はホテルの方がいいでしょう。どこか知ってる?」

浩子は以前緑川に原稿を書かされた神田のホテルを思い出した。こぢんまりとした感じのいいところだった。

「いまから電話してみるわ。アキちゃん、悪いけどそしたらタクシーでおくってって」

「いいよ」

浩子はまだ怖ろしいものに追いかけられているような気がした。それはもう明代ではなく、もっと得体の知れないどろどろしたものだった。浩子はその怪物と緑川との顔がふっと重なるのを見た。しかしそれは疲れのせいだと思い、浩子はあわてて首を横にふったのだ。

月が替わって、浩子はマンションに移った。あの日以来、明代との間に目に見えない

大きな壁ができてしまったようだ。さりげなく話そうとすればするほど、あの晩の夜叉《やしゃ》のような姿がうかびあがってくる。緑川が印税を前払いしてくれて、それで浩子は部屋を借りることができた。いくら小遣いをもらっていたといっても、一年間、趣味のような仕事ぶりで、ただでさえ少なかったＯＬ時代の貯金をほとんど使い果していた。

新しい部屋は緑川の会社の近くにある。二ＤＫの新築マンションだ。浩子は最初一人では広すぎると迷っていたのだが、緑川が、

「作家に書斎がなくてどうするの」

といつものごとく頑強に主張し、結局押しきられてしまったのだ。家賃は尻込みするような金額だったが、今月から「小説都市」に連載する読切り小説の原稿料をそれにあてることにした。さらに明るいニュースは、「桜街道心中」と「柱時計」をまとめた単行本が本屋の店頭を飾っていたことだ。

「ま、新人だからそれほど売れるわけはないけど、一応は印税が入ってくるからね」

それにしても緑川は機嫌がいい。

「会社の近くに部屋は出来たし、浩子ちゃんはもう『小説都市』の専属作家みたいだね」

いつのまにか曾根君が浩子ちゃんになっている。

「久松さんがさ、浩子ちゃんの『柱時計』を読んで口惜しがってさ。今までＯＬとか女

子大生しか書けないと思っていたんだってさ。緑川君にまたやられたって、何回も言われたよ」

実際「柱時計」は玄人筋にも評判がよく、めったなことでは誉《ほ》めない全国紙の〈宗〉氏という人物もこれをとりあげてくれた。

「二年前『湯沸室の午後』で新鮮なデビューを果した曾根浩子は確実な成長をとげたようだ。『柱時計』は一見暗い情痴小説に終りそうなテーマを、サスペンスのにおいをつけてさらっと仕上げ、その手腕は、新人らしからぬところがある」

この新聞の切り抜きを、わざわざコピーして緑川は持ってきてくれた。

「この、新人らしからぬっていうのは、相当な誉め言葉だよ」

と相好をくずす様子は、わずか三カ月前、

「新聞の評なんて本当にあてにならないよ。あんなの読んじゃダメ、ダメ」

と言ったのを忘れたかのようだ。

「久松さんさあ、絶対に口惜しいんだよ」

この言葉が何度も出てくるのも、浩子には意外だった。それまで久松のことを、緑川は「出版界の大先輩」などと呼んで注意深く喋っていたからだった。

「そもそも浩子ちゃんはあそこの新人賞で出てきたんだから、久松さんが育てるべきだったんだよ。それがちゃんと書かせることもできないんだもんな。あの人、ジェントルマンを気取ってるけど、やっぱり駄目だよ。原稿は気迫で書かせるものだものな」と何度もうなずく。しかし緑川には黙っていたが、浩子はこの部屋に越してからすでに久松と数回会っているのだ。


「可愛い子には旅をさせろとはよく言ったもんですな」

久松はこんなふうな言い方をした。

「緑川君に鍛えてもらったおかげで、曾根さんも急に作家らしくなりましたね。そうですよ、顔つきが違いますよ」

それは確かによく言われることだった。浩子はもう、

「書けるかどうかわかりません」

などという言い方はしなかった。

「わかりました。やらせていただきます」

と言って頭を下げた。一人暮らしの出費は思いがけないほど多く、浩子は一枚でも多くの原稿を引き受けたい思いだった。浩子の心を見すかしたように、久松は五百枚の長篇を書きませんかと膝をすすめた。口調は以前のように穏やかだったが、期限をきめる素早さに、もう浩子は断わらないという自信があふれていた。

「恋愛小説はどうでしょうか。曾根さんはまだお若い。若い作家でなければ書けない恋

愛小説をお願いしますよ」

その夜食事をおごられた後、もう一軒これから銀座へ行きましょうという久松の誘いを断わって、浩子は家へ急いだ。差しまわしのハイヤーの中、はずむ心とゆううつさが同居していた。

恋愛小説だって。どうやって書いたらいいのだろう。忙しさにかまけているうちに、充彦とはすっかり没交渉になっている。男に抱かれたのは正真正銘あの日が最後だった。緑川は「虚構、虚構」と口を酸っぱくして言うのだが、浩子は何もないところから突然うかび上がってくる「虚構」というのに一度も出会ったことがない。いつも自分の記憶からいくつかの材料をとり出し、それに何かをつけたり貼《は》ったりしながら、やっとの思いで原稿用紙を埋めていくのだ。そのストックももう空《から》に近い。今の浩子ときたら、あの夜の母親の状態でさえ、何かに使えないかと思案している最中なのだ。五百枚という文中の出来ごとを、どうやってつくり出していったらいいのだろうか。

いつのまにか浩子は眠っていたらしい。ハイヤーの運転手の遠慮がちな声で目がさめた。

あわてて身を起こそうとした浩子は、髪が窓ガラスにへばりついているのに気づいた。ぐっすりと寝込んでいたらしい。

「お疲れのご様子ですね」

といわれるところを見ると、しばらくこのまま車を止めてくれていたらしい。浩子は恥ずかしさで身がすくむ思いだった。

「あ、いいです。どうも、どうも」

ドアを開けようとする運転手より先に、外にとび出した。夜風は思いがけないほど冷たかった。浩子はその時、ひとりの男がマンションの前に立っているのを見つけた。オートロック式のドアを浩子のために開けて待ってくれている。

「申しわけありません」

二人は自然とエレベーターに向かって一緒に歩き出した。浩子より先に男が八階のボタンを押した。そして次に9という数字にも触れた。

「曾根浩子さんでしょう」

男は微笑《ほほえ》んだ。どうやら浩子が八階に住んでいることも知っているらしい。

「上に住んでおります。阪倉というものです」

男はこんなふうに名乗った。男の口元にうかんだやわらかい笑いはいつまでも消えず、浩子は男が自分の寝顔をどうやら見ていたらしいということに気づいた。

「毎晩遅くまで大変ですね。よく僕のベランダから、あなたの部屋の光がもれているのが見えますよ」

阪倉と名乗る男は若くはなかった。緑川と同じくらいか、もう少し上かもしれない。

削ったような鼻梁《びりょう》と、細くやや切れ長の目は、微笑んでいる口元が無かったらおそらく鋭く見えたに違いない。男の着ているツイードの上着が、ずいぶんしゃれた織り方をしていると浩子は思い、それをもっとよく確かめようと思った瞬間、エレベーターのドアは開いた。

「おやすみなさい」

浩子は言って、もう一度男の顔を見た。笑いは消えていたが、その目はまっすぐ浩子に向けられていた。浩子はこんな男の目を久しぶりに見たような気がした。

その男の目に影響されたわけではないのだが、部屋に帰ってから浩子は再び迷い始めた。充彦に連絡をすべきかどうかということは、久松から原稿を依頼された時からすでに浩子の心の中にあった。

もう彼の心の中に、自分への愛情がないのはわかっている。それでも会いさえすれば、彼が習慣的に自分を抱くのもわかっている。それで自分が苦しんだり悩んだりしたとしても、それは浩子の望むところだった。とにかく愛憎の憎の方だけでもいい。なにか劇的なことが起こってくれなければ、浩子は原稿を書くことができないのだ。

充彦に他の女がいるらしいことは前から知っている。彼とその女とは結婚するのだろうか。いっそのこと割り込んでいって、結婚してくれとわめいてみようか。その時、充彦と女はどのような反応を示すのだろうか。先日も浩子は緑川に、

「女の嫉妬の表情ってこんなものじゃないでしょう」

といわれたばかりだった。そんなむき出しの表情を自分が持ったのは、ずいぶん遠い日だったような気がする。出版社とこの部屋の往復だけでは、そのような感情を持つ機会がなかなか無いのだ。

やはり明日、充彦の会社に電話を入れようと浩子は決心した。ゲーム盤の上に、自分やもろもろの人物を置いて、それを心ごと動かそうとする自分を浩子は怖いと思ったが仕方がなかった。久松と約束した期限は来月の中頃だ。それまでに何か起こってくれなければどうしたらいいのだろう。

その時だ。誰かが浩子のドアをノックしていた。

「誰?」

応答がない。時計を見ると十一時をまわっている。電話もなしにこんな時間訪れる者に心あたりはない。おまけにこのマンションは、下からアンサーフォンで呼び出して住民に開けてもらわない限り、中に入れない仕組みなのだ。

ガウンを着てこわごわミラーをのぞき込んだ浩子の目に、さっき見たばかりのツイードの背中が、エレベーターに消えていくのが見えた。ドアを開ける。足元に白いリネンにくるまれたワインの瓶があった。

コルクにはメモが巻きつけてあった。栓をぬいたばかりらしい白はひんやり冷えていた。

「モン・ラッシェです。僕がいま栓を抜いて、あなたの健康のために乾杯しました。半分はあなたが召し上がってください。阪倉直人」

そのメモ用紙には文字が印刷されていた。

「阪倉直人建築設計所」とある。

浩子はそのメモをしばらく見つめていた。充彦に電話するのはもう少し待ってみようと思った。こちらの方がはるかにおもしろいことになりそうだった。

「曾根さん、これはないでしょう」

久松は苦りきった表情をしていた。手には浩子が書いたプロットが握られている。

「相手の男はケンブリッジ大に留学していた建築家。ツイードのジャケットがやけに似合う。それにイギリス人女性との離婚歴。安っぽい恋愛小説みたいじゃないですか、これは」

「でも本当なんです、本当にいるんですよ。そういう人が」

浩子は顎をしゃくるようにして言った。

「しかも会うところは六本木とか青山。彼はワインに非常に通じてる男となってますね」

「本当に何でもできちゃう人です」

「曾根さん」

久松は浩子の方へ向き直るようにして言った。

「こうして原稿をお願いしているわけですから、あなたはもちろん才能が無い方だとは思いません。ですけど小説というものが根本的なところでちょっとズレているような気がする時があるんですよ。たとえば――」

久松はプロットを読みあげるようにして言った。

「たとえば四十代の独身男性。英国仕込み、建築家、フィアットに乗ってる。これだけずらずらと並べたてても、この男性主人公の姿は全くうかんでこないでしょう」

久松は銀縁の眼鏡をちょいとはずして、それをかざしてみせた。

「たとえば、男は眼鏡をたえず取り出してハンカチでしきりに拭《ふ》くという描写があったとするでしょう。するとこの男の性格がよく伝わってくるじゃないですか。百行分使って神経質だ、神経質だと書くより、ずっと効果がある。描写するっていうことはそういうことだと思いませんか。陳腐な説明は、文章全体の品を落とすだけですよ、曾根さん」

久松の最後の言葉に、浩子はいささかむっとした。それと同じ指摘は先日緑川からもなされたばかりだったのだ。

「どうして誰も彼も、同じような文章読本を言うのかしら」

帰りの車の中で、浩子はいらいらと爪を噛んだ。

「結局は登場人物を素敵に書けばいいんでしょう」

阪倉は確かに魅力的な男なのだ。本人を一度でも見せたら、きっと久松も納得するに違いない。要はどうやって阪倉を見せることなしに、それを伝えるかなのだ。

「そうよ、それしかないわ」

浩子はつぶやいた。阪倉は絶対に自分と恋に落ちなければいけないのだ。阪倉の愛撫の仕方や、そのからだのかたち、その放出するもの、それらをすべて知ることができたら、阪倉という人物は、浩子の筆によって踊り出すことができるのだ。描写力、文章の美学うんぬんなどということよりも、実際にこの目で見て感動することの方がはるかに強いにきまっているのだ。浩子はふと緑川の言った、

「君の文章はリアリティの強さだ。それにつきる」

といった言葉を思い出した。

「私は絶対にあの男と恋に落ちる」

つぶやいたとたん、生々しい思いが胸にこみ上げて浩子は一人赤くなった。

その夜、浩子は阪倉の電話をひたすら待った。最近は毎晩のように阪倉は電話をかけてくる。

「おやすみ」を言うだけのこともあったし、早い時間は二人で連れ立って外へ食事に出かけることもあった。

外国暮らしが長かった阪倉はその反動か和食が好きで、繊細な味のものを好んだ。けれども必ずといっていいほど浩子の顔をのぞき込むように聞く。

「曾根さんは何を食べたいの」

「何でもいいんです」

浩子は人からよくぶっきら棒なもの言いをすると言われるのだが、男性の前にいくと特にそれがひどくなった。いい顔立ちなのに色気が全く感じられないとされるのも、その素っ気ない言い方にあるらしい。

そんな自分を最近の浩子はやはり気にしていて、できるだけものやわらかな女らしい言い方をするように心がけていた。阪倉に愛されるような女にならないと、企みは成功しないのだ。

その日も電話は十二時近くにかかってきた。

「曾根さん、まだお仕事ですか。僕は腹が減っちゃって、どこかつき合ってくれませんか」

「ええ、お伴しますわ。『千華』はいかがでしょうか」

西麻布にあるその日本料理店は、深夜までやっていることもあって、阪倉がひいきにしていた店だったのだが、浩子はそこのおかみのわざとらしい京都弁が我慢できないといつか言ったことがある。それ以来、阪倉は浩子に遠慮してあまりこの店を使わないようになっていた。

「いいんですか」

阪倉が驚いたように言った。

「ええ、私、あそこのかやく御飯大好き」

「じゃ、十分後に駐車場で集合しましょう」

夜出かけるにはコートが必要になっていた。浩子は買ったばかりのグレイのコートをはおった。この色はよく阪倉が着ているジャケットととても相性がいいのだ。

「やあ、スコットランドの女の子みたいだな」

フィアットの中の阪倉はそんなことを言った。

けれどいつ見ても阪倉は疲れているように見える。それは少しうつむきかげんに歩くことや、髭がすぐうっすらと生えやすいことがかなり影響しているに違いない。

「もうちょっと背すじを伸ばせばいいのよ。そのままだと老けてみられやすいと思うわ」

西麻布へ向かう車の中で、浩子はそんなことを言った。確か小説の中で阪倉の描写はこんなふうにしてあるのだ。

「男はほっそりとしていて、背中に若木を入れて歩くようなさまは日本人離れしていた」

浩子の言い方はいつも少しきつかったらしく、阪倉は苦笑いしている。

「そんな、まいったなあ。僕は年寄りなんですから、あなたのボーイフレンドのようにいきませんよ」

「そんな、そんな人、私いません」

「そうかな、信用できないぞ」

阪倉は珍しくおどけてカーブを切った。そこを曲がると、「千華」の看板が闇の中に見えるはずだった。

「ああ、消えてる」

最初に声をあげたのは浩子だった。

「仕方ない」

少しかすれた声で阪倉は言った。

「僕の部屋にいらっしゃい。浩子」

初めて彼は浩子の名をよんだ。それで浩子はこれから何が起こるのかすべて予測することができた。

残念なことに浩子は阪倉のからだをそう観察することができなかった。なぜなら阪倉は浩子を大切な美術品のように扱って、たえず横たえさせて、目を閉じさせていたからだ。彼は充彦のように「ふん」と鼻をならすこともなかったし、「ちょっと変わったことやってみようか」と持ちかけることもなかった。

デリケートな阪倉の動きは、途中から突然荒くなり、それは野卑といってもいいぐらいになった。その落差の激しさに、浩子は目がくらむような思いになったものだ。しかし自分がクリスタルの仏像のように扱われている思いには変わりなく、その激しさもなにかの祈禱《きとう》のように浩子には感じられた。

阪倉がやっとからだを離した時、浩子は少し困惑していた。こんな気持ちを幼い頃持ったことがあるようだとぼんやりと思った。何か大切なことを忘れているような気がするのだ。しかし、もうそんなことはいいと思った。

浩子は少し笑ったに違いない。阪倉は身をかがめて浩子に唇だけで問うた。

「どうしたの？」

「なんでもない」

浩子は唇さえも動かさずに答えたのだが、阪倉には通じたようだった。深くうなずいた。

「ゆっくりおやすみ」

いつのまにか阪倉の指は、浩子の髪を撫でていた。

その夜も浩子は阪倉の膝の上にいた。あれ以来ほとんど自分の部屋には帰っていない。たまに着替えを取りに帰るぐらいで、阪倉が留守の間はうとうとと彼のベッドで眠り、その合間には彼の本箱から美術書をひっぱり出して眺めたりした。同じマンションでも、彼の部屋は倍以上の広さで間取りもゆったりしている。ずっと居心地がいい。

「なんだか頭が日いちにちと退化していくみたいなの」

そう言いながら浩子は阪倉の顎に手をかけた。髭が濃い彼は夜になるともうチクチクしはじめて、それは浩子をおもしろがらせた。

「そんなにおじさんをいじめないでおくれ」

阪倉は悲鳴をあげる。おじさんというのが浩子といる時の彼の口癖なのだ。

「浩子は僕のことを笑っているんだろう」

その合間に時々真剣に聞く。

「いい歳をしたおじさんが、若い女の子といちゃついているのが」

「私だって若くはないわ」

浩子は言った。

「もうじき二十九歳になるもの」

「いいや、君は女の子だ。女の子は仕事をしたりしちゃいけない」

言いきかせるように、一語、一句、区切るように言った。

「君みたいな、可愛い、ふつうの、女の子が、小説を書くなんて、とんでもない話だ。ああいうのは、他の、人に、まかせておきなさ、い」

浩子は阪倉の腕の中で、揺られるようにしてその言葉を聞いていた。


三日ぶりに自分の書斎に入った時、留守番電話はほぼ満杯になっていた。

「とにかく連絡ください」

という、すがるような久松の声が何度も入っていた。

浩子には予想していたことがあった。自分はたぶん原稿用紙を見ても、それを何に使用するのか全く忘れているに違いないということだ。

原稿用紙はモンブランの万年筆をしおりのようにして閉じられていた。「千華」に行くためにとび出した時のままだ。

「女が男に不満があるとしたら、出来合いのショートケーキのようなきらびやかさだった。地位、金、知性をこれほどバランスよく整えて持っている男に、女はつくりものめいた不信を感じてしまうのだった」

こんな文章で終っている。

それを読み終えた瞬間、浩子は万年筆を握っていた。それに続く文章は、インクの色が新しいだけで全く同じ調子で綴《つづ》られていく。

「しかしいたずらに男の髭に触れた時、女は突然悲しみに襲われた。男のそれは思いがけないほど強く、濃く、男の顎に分布していた。やわらかい女の掌を傷つけてしまうほどの勢いだった。男のいのちが、こんなところまで無意味に、無節操にちりばめられていることが女には悲しく思えた。そしてその悲しみはあっけないほど短く、愛することへとつながっていったことに女は驚いた」

さっきまで阪倉の髭にはしゃいでいた自分なのに、どうしてこれほど冷たい、ものをつきはなしたような言葉がうかぶのだろうか。浩子は阪倉への後ろめたさよりも、自分への嫌悪をつきぬけるように感じた。阪倉に抱かれている時、すべてを忘れていると思い、忘れることを願った自分ではないか。それなのに、この万年筆を握る手の無表情なことはどうだろう。今朝まで指のつけ根にいたるまで愛されていたにもかかわらず、その相手を醒《さ》めた眼で綴っていく。こんなことが許されていいものだろうか。

しかし、自分をなじりながらも浩子は夜までに三十枚近い原稿を書いた。小説の中で、男と女はいつしか一緒に暮らすようになっている。男は女をこのうえなくいつくしみ、女は初めてといっていいほど愛の激しさに酔う。

ところで、不幸は何ページぐらいに入れたらいいのだろうか。

浩子は男と女を別れさせることにした。どちらかが死ぬというシチュエーションもあるのだが、美しすぎる別離というのも幸福のひとつに違いないのだから、これは排除することにした。

愛し合いながら別れるという情況も、浩子はあまり信じていない。未練は幸福を復活させやすいのだ。そうなれば、やはり男と女は憎み合わなければならない。しかし、それはどうやったらいいのだろうか。

電話が鳴って、浩子は万年筆を置いた。阪倉からに決まっている。

「もしもし浩子か、どこに隠れているか心配をしたじゃないか。黙って帰るんじゃない」

阪倉の声は酔いを残していた。

「ごめんなさい、ちょっと探し物を見つけていたの」

「フィアットの前に五分後に来なさい。今日こそは『千華』へ行こう」

六本木から西麻布へ向かう道は、いつもながら混んでいた。

「さっき帰って浩子の姿が見えなかった時、僕は本当におろおろしちゃったよ」

車のあかりが、いくつか阪倉の顔に線を描いていく。町の中で見る彼は、次第に大人の分別をとり戻しつつあった。

「どうして。私、あなたの下の階に住んでいるのよ。どこにも行くはずないじゃないの」

「いや、そんなことじゃなくて……」

ハンドルを握りながら阪倉は少しうつむいた。鬢《びん》のところに銀色のものが光るのが見える。

「つまりからかわれているんじゃないかと思って。全く現実とは思えない三日間だっただろ。君みたいな若い女性が、僕みたいなおじさんを本気で相手にしてくれているとはどうしても思えなかったんだ。だから今日、浩子がいなかった時、僕はそれでもいいと思った。だいいち君ときたら、突然僕の前に姿をあらわしたんだからね」

「違うわよ。うちを追い出されて他に行くところがなくて、それであのマンションに引っ越してきたのよ」

二人は声をたてて笑った。阪倉は浩子の手を握ろうとあせるあまり、急ブレーキをかけるはめになった。


浩子はモンブランを口にくわえていた。全く原稿用紙が埋まらないのだ。

モンブランは鉛筆と違って嚙むこともできず、ただ舌でなめるだけだ。だが金くさい味は、ほんの少しだけれど浩子を落ちつかせた。

あと二週間あまりで締切りだというのに、原稿が半分ほどで止まってしまったのだ。

主人公とその恋人は紙の上で立ち往生させられている。枚数の上から言っても、そろそろ暗い影がささなくてはいけないのに、あいかわらず二人は手をとり合ったままだ。わずかに進展があるとしたら、別れの理由を、浩子が嫉妬ときめたことだろうか。

昨夜《ゆうべ》行った「千華」のおかみを浩子は思い出した。

「まあ、まあ、先生、お久しぶりどすな。どうしてましたんえ」

などという声高の喋りも、思い出すだけで腹が立つ。それに笑顔で応《こた》えている阪倉さえいまいましく感じられた。もちろん阪倉とおかみがただの客とおかみの関係であることは知っている。知っていてもこれほど不愉快になるのだから、ましてや本物の恋人たちが嫉妬によって傷つけられるのは当然だろう。

ここはやはり恋人たちの他に、誰かもうひとり加えなければならない。それは浩子の傍に来るべきであって、阪倉の方に寄り添うのはちぐはぐだ。

裏切りはやはり浩子の方から行なわなければならない。そしてそれは、やはり充彦以外には考えられなかった。

ダイヤルを回す。すっかり番号を忘れていた。手帳を見てかけ直すと、やはり彼が出た。

「もしもし私、どうしてる」

「浩子か、それはこっちが聞きたいセリフだよ。うちに電話してもまるっきりいないじゃないか。家出でもしたのか」

「本当にそうなの。ねえ、この番号ひかえて。そして夜絶対に電話してくれる?」


充彦が浩子のマンションに来たのは、その週の土曜日だった。

「すごいところに住めるようになったんだね」

そう言って部屋をながめまわす充彦はブルーのスポーツシャツに、白いセーターを肩で結んでいる。それは彼の得意な配色だった。

「あなたそういうものを着ると、まるで大学生みたいね」

「出会った頃とまるっきり変わらないだろう」

充彦はすばやく浩子にキスをした。

「なんか知らないけど、お前やたら綺麗になったな。前はなんていうかな、どこをさわってもとがってたって感じだったけどな」

手はすでに浩子の胸の上にある。

「でもこのマンションいいな。ほらオレのうち川崎だろ、通うのに遠いんだよな。今度、土日は泊まろうかな。いいだろ」

浩子のセーターは脱ぐのに肩のところがちょっとひっかかった。電話が鳴り始めた。いつもの時間だ。

「おい、鳴ってるよ。出なくてもいいよね？」

セーターは完全に脱げた。電話はまだ鳴っている。シャツだけになった充彦のむき出しの腕。むき出しの若さ。電話はまだ鳴っている。

「浩子ォ、どうしてたんだよ。オレのことほっぽり出してえ」

電話が切れた。阪倉はこちらに様子を見るためにやってくるに違いない。合鍵はすでに渡してある。

充彦は浩子を窒息させるかと思わせた。鼻と口とが充彦の肩によってふさがれて、憶えのある肌のにおいでむせそうになる。

うっすらと閉じた浩子の目に、半分開いたドアが見えた。そこから確かにこちらを見ている阪倉の顔があった。少し伸びかかった顔の髭はなぜか銀色に見える。彼は二、三度首を横に振るとドアを閉めた。泣くこともなく浩子はそれを見守っていた。

「ふうーん、それが締切りに間にあわなかった理由なのかい」

緑川は退屈そうに首すじをかいた。浩子の部屋から見る冬の陽は赤く、落ちるのも素早い。さっきまで橙色《だいだいいろ》に近かった緑川の顔が、急にグレイになってきた。

「久松さん泣いてたぜ。そりゃ、そうだよな。五百枚入らなかったら編集者の立場無いもんな。つらくって半分の原稿しか書けませんでしたっていわれても困るよな。もうあそことは仕事できないだろうけど、ま、その替わり『小説都市』で残りの二百五十枚頑張ってくれよな。これに懲りたら他の出版社との秘密の抜けがけ無しだよ、浩子ちゃん」

「緑川さん、私、もう書くの嫌だわ」

彼は翳《かげ》りゆく部屋の中、浩子の顔色にまだ気づかなかった。

「ね、いちばん悲しいこと書かなきゃいけないの。阪倉さんは本当に淋しそうな顔をしてそこから出て行ったのよ。私、本当にあの人を愛してたの。今わかったわ。ねえ、それも書かなきゃいけないの」

「浩子ちゃん」

緑川は雑誌から目を離さず言った。

「あのね、小説からおとぎ話の部分は抜いとこうね。だけど全部書こうね」

「お母さんもずたずたにしちゃったわ。そして生まれて初めてあんなに愛した人まで。ペン先でみんなを傷つけて、そして私も傷つけて、それでも私、書かなきゃいけないの」

「あたり前だよ」

夕陽が反射して、ペン先も浩子も異様にキラキラと輝いていることに、緑川はまだ気づかない。

てるてる坊主

洗面台の前に見なれない瓶を見つけた。深い紺色のそれには、くっきりと白い文字で養毛剤と書かれている。裏返して値段を見た。五千六百円という文字に、礼子はやれやれと深いため息をもらした。

それほど吝嗇《りんしょく》というわけでもないのだが、夫の邦男は妻の身のまわりにいつも鋭く視線をはしらす。

「新しいブラウスだな。それ、高価《たか》かっただろ？」

「そんなカーディガン、初めて見たぞ」

そのたびに礼子は、スーパーのバーゲンで買ったものだとか、娘時代から持っていたとか、いちいち言いわけしなければならない。

新婚の頃は少しは自惚《うぬぼ》れもあって、そんな邦男の言葉を嫉妬の変形だと考えていた時もある。けれども結婚して六年たった今では、夫のそうした言動は、単に子どもじみた所有欲のあらわれだとやっとわかってきた。三十四歳になろうとしているのに、邦男はいつも自分ひとりだけが卵焼きのおかずをつけてもらっていたという、幼い時代のおもかげがある。

ついこのあいだまで、邦男は釣にこっていた。礼子が目をむくような値段の竿《さお》やリールを平気で買ってきたし、日曜日ごとに出かける車のガソリン代もバカにならなかった。そんな邦男を、よく礼子はなじったものだ。自分の洋服など欲しくはないが、邦男が一回釣に行く金で、ひとり娘の沙織の新しいスカートが買えると思ったら本当に腹が立った。

「別に自分の楽しみを捨てろっていってるわけじゃないの。ただその楽しみを、少し家族にも分けあたえてちょうだいっていってるの」

家族という言葉に、ことさら力をこめて礼子が言うと、邦男はたいていおし黙る。口から吐かれた煙は、小さな輪をつくっていて、礼子は夫が少しも話を聞いていないことにやっと気づくのだ。

邦男が釣に行く回数を減らし、その分さまざまな薬を買ってきていることに気づいたのは、去年の秋頃だっただろうか。

風呂場の脱衣場のところに、小さな洗面ユニットがある。礼子は寝室にドレッサーを持っているから、ここは邦男専用の身仕度の場所といってもいい。鏡を開けると、小さな棚がいくつかあって、邦男はここにドライヤーやヘアリキッドを入れている。歯磨粉の替えを入れようとして、礼子は養毛剤と小さなブラシを見つけた。初めて見たそれは、よくテレビのコマーシャルで宣伝しているひと揃《そろ》いであり、値段も二千円しなかったはずだ。その製品をよく知っていたことと、安価なことが、なんとなく礼子に微笑をもたらした。鏡の裏に隠すように置かれていたこともなおさらおかしい。

「へえー、こんなもの買って。気にしてるのね」

背がひょろひょろと高く、どちらかというと童顔の邦男は年齢よりもずっと若く見られる。それでもとうに三十をすぎ、こんなものを使うようになったのかと、笑った後で礼子はしみじみとした思いにさえなった。

礼子から見て、邦男の頭はそう心配するほどのことはないように思う。額は確かに少しずつ広くなっているものの、それは聡明な印象こそあれ、禿《はげ》の前兆とは誰も思わないのではないだろうか。現に邦男には白髪が一本もなく、耳の上などには少し重たく感じるほど髪が波うっている。

「またパパの取り越し苦労が始まった」

礼子はクスッとかすかに笑って、その瓶を再び元の場所にしまった。いたずらを見つけた母親のような気分だった。しかしよく考えてみれば、そのころ礼子は、夫の頭部などよく見たことはなかったのだ。だからしばらくたったある夜、邦男のそれを発見した時、礼子はやはり驚いた。

「あれ、あらあら」

礼子の声に邦男はけげんそうに顔を上げた。右手に帰りの駅で買ってきたスポーツ紙、左手にはビールのコップを持っている。邦男の夕食分に残しておいた肉を、肴《さかな》になるように醤油で焼いてテーブルに置くところだった。前髪の右に蛍光灯が反射して、白い半輪をつくっている。その輪は礼子が移動するにつれ消えるはずだった。ところが礼子がいくらテーブルに近づいても、それははっきりと残っていたのだ。

「あら、これ、ここんとこだけ髪が薄くなっているんだわ」

礼子の無遠慮な声に、邦男は一瞬嫌な顔をしたものの、すぐに、

「目立つかな?」

と素直に尋ねた。

「わかんないわよ。光の加減でちょっとの間見えたりするのよ。わかんない、わかんないわよ」

礼子は皿を置いた手で、邦男の髪をまさぐった。寝室以外の場所でこうして触れてみると、夫の整髪料が前よりもずっと濃くなっていることに気づく。きついにおいでむせるようだ。指で夫の髪を整えてやった。

「俺んちさあ——」

邦男はいつのまにか、頭を礼子のエプロンの腹にあずけていた。

「親父も薄かったんだよなあ。爺さんなんかつるっ禿でさあ。こういうのって家系だろう。俺の前途も暗いよなあ」

邦男の口調にはかすかに芝居気があり、それは甘えている時の癖だった。だから礼子はおどけてもう一度髪をくしゃくしゃにした。

「禿になったら離婚しちゃおうかなあ——」

「アデランスしても駄目か」

「駄目よ。もう秘密を知ってしまった今となっては」

「浮気はいいんだな」

「浮気も禿も駄目。どっちも許さない」

邦男はエプロンに顔をうずめて泣くふりをした。

あの夜が邦男の髪について冗談を言い合った最後の時だったと思う。秋が深くなるにつれ、洗面台の裏にはさまざまな瓶が増えていった。英語で書かれたボトルもあれば、チューブ状のものもある。中には漢方入りと大きく記してあるものもあった。邦男は魚を釣っていた時の執拗さで、失われようとする髪を追うようだと礼子は思った。

冬が近づく頃には、まるで堰《せき》をきったように髪は抜け始めていたのだ。邦男の後から風呂に入ると、きまって排水口に黒々とした毛が渦を巻いていた。それは少しずつ削りとられていく夫の若さのようでもあり、体内から不意にほとばしり出た、生々しい男の原材のような気もした。

手早くまとめてつまみあげると、乾麺《かんめん》ほどの太さの束になる。水を含んだそれはじんわりと重く、しごけばきちきちと音をたてそうだ。まだ十分に生命を持った髪だった。それがからだから離れていくことの無念さは礼子にはわからない。それよりも舌うちしたい気分の方が強かった。邦男はまだ三十四歳なのだ。痩せぎすのからだも、腹の出てきはじめた同じ年代の男たちに混じれば颯爽《さっそう》として見え、決して風采《ふうさい》は悪くない。その夫が、どうしてこのような不運に見舞われなければならないのだろうか。不運といっても、禿はまるで厳粛さのない不運だ。人はこのことを口にする時、きまって薄い笑みをもらすではないか。

本当のことを言えば、礼子にしてもその中の一人かもしれない。邦男はこの頃、寝る前に必ず強いにおいのする液をふりかけ、頭部をブラシで叩く。それは少し前までは礼子に隠れて行なわれていたらしいのだが、事態が深刻になってからは大っぴらだ。邦男の髪は、右の方から目に見えて後退している。以前礼子が見た白い半輪のところだ。その前部に生えていた髪がごそっと抜け、半輪のところが額と髪との境界線になってしまったのだ。そのあたりを特に念入りにブラシで叩いている邦男の後ろ姿は、やはりどう見ても滑稽なものだった。思わず笑いがこみ上げてきそうになるのを、礼子は必死でこらえる。それはどうかすると、いらだちにすり替わりそうな笑いだ。礼子はもう少しで「禿の男の妻」という名称をもらうことになりそうなのだ。結婚する時、母から言われた言葉を礼子は思い出す。

「男は後になってわかるクジみたいなもんなんだよ。もしかすると大当たりかもしれないし、大はずれかもしれない。だけどその時、選んだ女はあたふたとしないことだね」

当たり、はずれという中には、禿も入るかもしれないと礼子は考えた。けれども恋愛して結ばれる時、将来この男は禿げるかどうかなどと考える女がこの世にいるだろうか。よしんば考えたとしても、その頃は二人とも中年になって、髪の毛が薄いか濃いかなどということは少しも気にならなくなると思っているのに違いない。若いということはそんなものかもしれないと、礼子は年寄りじみたため息をついた。そのとたん同情が、ふだんは底の方でおおいをかぶせられているような夫への愛情を確かに刺激したのだ。

自分たちが、中年の夫婦へと向かって歩いていると思うことは、そう嫌ではなかった。

三月の光が水たまりに反射していた。春雨前線がなかなか動かず、昨日までずっと雨が降り続いていたのだ。

礼子は生ゴミの袋を電信柱の前に置いてやっとホッとした。生ゴミを入れるものはすべて紙製ときめられているから、濡れて破けるために雨の日は出せないことになっている。

このあたり一帯は、建売り住宅といっても、大手の不動産会社が町ごと開発したもので、並木道もつくられ、家並みも整っている。そのかわり、環境保持というのにうるさい。住民は中級のサラリーマンがほとんどだが、彼らはやっと手に入れた家とそのまわりを乱す人間を容赦しなかった。

ゴミを置いてもどりかけた時、隣家の立花洋子もちょうど手に袋を持って出てくるところだった。黄色いエプロンをしている。礼子より二つ齢上のはずだが、少年のようなショートカットといい、派手な色づかいの好みといい、とても三十半ばに見えない。美大出身で、週に二回自宅でパンフラワーを教えているこの女に、いまひとつ礼子は心を許すことができないのだ。それは洋子のかもし出すやたらモダンでしゃれた雰囲気が嫌いだからだと思う。子どもがいない洋子の、いつも美しく伸ばされた銀や赤の爪に、礼子はまず鼻白んでしまうのだ。

「よかった。お天気になって」

洋子は微笑んだ。そうすると日本人離れした大きな歯が見える。

「これでやっと布団が干せるわ」

礼子も頷《うなず》き、雨のために家事が遅れてしまったことのグチを少しばかり語った。

その時、門扉の音がして礼子はふり向いた。邦男がちょうど家を出るところだった。

「いってらっしゃいませ」

洋子がややかん高い声で愛想よく言った。邦男はややとまどったように軽く会釈をする。

バス停へ急ぐ邦男の後ろ姿は、背中がほんの少し丸くなっていて、ごくありふれたサラリーマンのそれだ。邦男の後頭部にしても、別段特別なことはないと礼子は思いたかった。それなのに洋子の目は鋭くそれを見ていたらしい。

「おたくのご主人って……」

その後の言葉が、なぜかすぐに礼子には想像できた。

「後ろの方がずいぶん淋しくなっちゃったわね。まだお若いのに……」

軽い憎しみがかえって礼子を平静にした。

「まあ仕方がないわよね」

夫に対して自分が感じたことを、他の女も同じように感じるのは嫌だった。それよりも、夫の弱点を他の女に悟られるのはもっと我慢できなかった。

「本人もそれほど気にしていないんだから、私もあれこれ言わないの。仕方ないわよ。頭ばっかり使う商売をしているんだから」

最後の方は皮肉を言ったつもりだった。洋子の夫は、「電気なんとか新聞」という、聞いたこともない新聞社の記者をしている。邦男は日本人なら誰でも知っている電気会社の宣伝部にいるのだ。

「『電気なんとか新聞』……。知らないなあ。少なくとも俺の会社じゃとってないね」

そんな夫の言葉を、どれほど誇らしい気持ちで礼子は聞いただろうか。

それに洋子の夫ときたら、嫌らしいほどぶくぶくと太っている。からだに合うものがなかなかないらしく、いつでもニットのゴルフズボンをはいているのだ。

「冗談じゃないわよ。ちょっと髪の後ろが薄いからって、あんな夫婦にいろいろ言われてたまるものですか」

家に帰ってくると、また腹が立ってきた。邦男があれほどたやすく後ろ姿を見せたのも口惜しい。隣家の主婦と外で立ち話をしているのに気づいたら、もう少し長く家の中にいるべきだったと思う。

午前中いっぱいずっと礼子はぷりぷりしていて、幼稚園から帰ってきた沙織にさえあたった。

「ママ、あんまりおこってばっかりいると、おみやげ見せてあげないから」

おやつの菓子を頬ばりながら、沙織は邦男そっくりの丸い目を向けた。

「そう。こりゃ大変だ。ママが悪かったわ。だからおみやげ見せてちょうだい」

礼子が大げさに謝ると、沙織はにっとミソッ歯を見せて笑った。

「あのね、ずっと雨が降ってたでしょ。それで雨いやだな、やむといいなって、昨日みんなでおまじないつくったの」

熊のアップリケのバッグから、沙織は白いものをとり出した。よく見るとそれはハンカチで、一箇所を丸く糸でくくってある。

「ああ、てるてる坊主ね」

「ママ知ってるの？」

「ママだって子どもの時よくつくったもの。遠足とか運動会の前の晩なんか、明日《あした》天気になあれってお祈りしながら、これをつるしたのよ」

「幼稚園でもそうしたよ。だから今日晴れたでしょう。ミサオ先生がね、晴れたんだから、てるてる坊主にありがとうを言って、川に流しなさいって。でももったいないから、沙織うちに持ってきちゃったの」

てるてる坊主はさんざん手間どってつくったらしい。ところどころ手垢《てあか》で汚れ、沙織の苦心の跡を描いている。

顔がこれまた傑作だった。大きな目に、ぐいとひかれた唇。この子は昔から絵を描いても、最後には必ず邦男の顔になった。

「沙織ちゃん、いたずらしちゃおうか」

礼子は沙織の顔をのぞき込んだ。

「もっとパパのお顔にしちゃうの。サインペンをもっていらっしゃい」

てるてる坊主の顔は、布をしんにしているらしく、ペンがやたらにじむ。頭にあたる部分の両脇をまず黒で塗りつぶした。そして真ん中は簾《すだれ》のように細い線を横に描く。禿がかなり進行した十年後の邦男になった。

「ほーら、すっかりパパになっちゃった」

礼子が差し出すと、沙織はキャッキャッと笑い声をたてた。

「パパでえーす。沙織ちゃん、今日もおとなしくしてたかな」

てるてる坊主を、まるで指人形のようにお辞儀をさせたり踊らせたりした。こうすると朝のむしゃくしゃした気分が晴れるようだった。

「ねえ沙織ちゃん、てるてる坊主、今日もつるしちゃおうか」

「つるしちゃおう、つるしちゃおう」

沙織は手をたたいて賛成した。

「しばらくお天気が続くそうだけど構やしないわよね。てるてる坊主にもっともっといいお天気になるようにお祈りしよう」

リビングに続くテラスの軒につるした。昨年の夏に、沙織が空き箱で作った虫籠も同じように揺れていたこともあった。ゆるい東風にてるてる坊主は左右に動き、それはやはり今朝の邦男の後ろ姿を思い出させた。

「坊主なんて、どうしてつけたのかしら」

不意にそんなことを考えた。てるてる坊主という名前には、まがまがしい響きがある。昔の人間の加虐的な精神がそこから伝わってくるような気がする。

坊主という名前が、僧侶のつるつるした頭からきていることがわかったのはしばらくたってからだ。そんな単純なことを、邦男が帰ってくるまで礼子は気がつかなかったのだ。

上着を脱ぐ前に沙織がとびついた。いつもは自分が寝てからではないと帰ってこない父親だ。よほど嬉しかったのだろう。いっぺんにいろんなことを喋りたがる。

「あのね、まさみちゃんちのジロ君がね、沙織を見るといつも吠えるの。キャンキャンっていうの。さやかちゃんはあんまり好きじゃない。沙織の髪の毛をひっぱるんだよ」

うんうんと頷きながらも、沙織を抱いている邦男の腕がいかにも重そうなのに礼子は気づいた。少し疲れているのかもしれないと思った時、沙織が突然大きな声をたてた。

「そうだァ。沙織、てるてる坊主をつくったんだよ。パパのてるてる坊主なんだよ」

しまったと思ったが遅かった。邦男は沙織を抱いたままテラスの方へ近づいていった。それでもあわてて止めに入ったり、大急ぎでてるてる坊主をはずしたりしなかったのは、礼子の心の中で、たかをくくる気持ちが強かったからに違いない。せいぜい苦笑いするか、悪くてもひと言、ふた言怒鳴られるぐらいだと礼子は考えていた。

二人の姿はテラスに出て見えなくなり、礼子がキッチンにもどった時だ。

「ママー、ママーッ」

異常にかん高い沙織の悲鳴が聞こえた。菜箸《さいばし》をもったまま駆けつけると、沙織は邦男の膝の上でうつぶせにされ、そこから逃れようと足を必死でもがいていた。スカートは背中の方までまくれ、白い木綿のパンツの上を、邦男の掌が容赦なくとんでいた。

「悪いコはこうしてやる、こうしてやるんだ」

完全に目が吊り上がっている邦男をつきとばし、沙織をいったん床の上に落とした。再び邦男の手が伸びてくるより早く、思いきり深く抱きしめた。やっと安心したのか、沙織は火がついたように泣き出した。

「いったいどうしたっていうのよ。この子が何をしたっていうのよ」

「親を馬鹿にしやがって、この野郎……」

唇がまだ少しひくついている。テラスの上にはひきちぎられたてるてる坊主があった。

「この子が悪いんじゃないわよ。そのてるてる坊主に髪の毛かいたの私だもの」

「なんだとー、貴様、亭主を何だと思ってるんだよォ」

邦男は礼子の胸ぐらをつかもうとしたが、思い直したように手をひっこめた。沙織の泣き声で、少し冷静さをとり戻したのかもしれない。その隙を逃さず、礼子は言葉を重ねた。

「ちょっと大人気ないと思わないの。たかが髪の毛のことじゃない。そのくらいのことで子どもを叩いたり大立ちまわり……。そりゃあなたの気分を悪くしたのは謝るわ。だけどあなたが気にするほどのことはないと思うから、こっちだってちょっとからかったりするんじゃないの。家族だけに許されるユーモアってものよ。それなのに真剣に怒ったりして、本当にバッカみたい」

弁にかけて、邦男は礼子の敵ではない。邦男はそのまま黙り込み、最後にあらかた用意を終えていた夕食のテーブルをひっくり返すとそのまま外に出て行った。

「驚いたわよ、お母さん。あんなに可愛がってる沙織のお尻をひっぱたいてんのよ。おっかない顔してさあ」

「そりゃあんたがいけないわよ」

「そうかしら、もっとユーモアがわかる人かと思ってたんだけどなあ」

礼子は電話ごとソファに移動した。これは実家の母に限らず、相手が女の場合は必ずとる姿勢だ。

「そんなものはユーモアとはいえませんよ。いくら夫婦だからっていっても、相手の傷口をえぐるような真似をしちゃ駄目」

「へえー、禿も傷口ってことになるのかな。やっぱり」

「そりゃそうだよ。禿っていうのはね、男の人がいちばん気にすることなんだよ」

「だから私は気にさわって仕方ないのよ。禿ぐらいで、大のおとながどうしてあんなに悩むのかと思うとさ。こっちまで辛気くさくなっていらいらしちゃうのよ。てるてる坊主にしたってさ、私なりの荒療法のつもりだったのよ」

「あんたみたいに気の強い奥さんだと、邦男さんも大変だわ」

母はいったん笑った後で、不意に思い出したように言った。

「男の人が禿をどんなに気にしてるか、それを知らないあんたでもないでしょう」

「わかってるわよ」

礼子は自分の声が一瞬きつくなったのがわかった。

「それじゃまたね。もうじき沙織が幼稚園から帰ってくるから」

孫のことを聞き出そうとする母を遮るようにして電話を切った後、あの話になるとどうして自分は不機嫌になるのだろうかと礼子は思う。

別にいかがわしいところに勤めていたわけでもない。やましいことなど何ひとつないはずなのだが、自分の人生の中で、あの一年間というのをいつも省略している自分に礼子は気づいている。邦男にしても、礼子は短大を卒業してすぐに有楽町のPR会社に勤めたのだと思っているはずだ。以前、何かの拍子に、

「私ね、あの会社に勤める前に、どうしても就職口がなくって、一年間ぶらぶらアルバ

イトをしていた頃があるの」

と言ったことがあるが、邦男は全く興味を示さずに「ふうーん」と言ったきりだ。あの分では憶えてもいないにきまっている。礼子にしてみても、

「有名女子短大から、外資系の広告代理店。そして一流企業に勤める男と結婚」

という自分の略歴にかなり満足していたから、そこに一行でも別のことが混ざるのはあまり好ましくない。そんな気持ちが今の礼子を口重くしているのだろうか。いや、自分はそれほど姑息《こそく》な手段をとる性格の女ではないと礼子は思う。あの日のことは、着る機会がないまま、どこかにしまい忘れてしまった着物のようなものに違いない。今度のことがきっかけで、いったんは拡げかけたものの、虫くいだらけの上に流行遅れになってしまった。そんな記憶なのだ。

礼子が青山にある女子短大の英文科を卒業したのは、もう十二年も前になる。クラスの八十パーセントの学生がスチュワーデスの試験を受け、実際ＪＡＬの合格率が日本一といわれる学校だったから、最初は礼子もそれを考えなかったわけでもない。けれども同級生たちが一年生の頃から浮き足立ち、英会話の学校とかけもちするのを見るようになってから、白けた気分は隠しおおせないものになっていった。他の大学の劇団サークルを手伝ったり、女優になりたいと言い出して家族とすったもんだを繰り返しているう

ちに、知らないところで就職シーズンは終っていた。

自分ではふてくされているつもりはなかったのだが、毎日昼すぎまで寝ている礼子を母親がなじり、礼子がそれに応えるという親子喧嘩にうんざりして、アルバイトニュースを片手に町にとび出した。いちばん給料のいいところに勤めようと、ページを指で追っていたら見つけたのが、「脱毛、美顔のコンサルタント募集」という文字だった。一カ月十四万円という給料はその頃にしては破格のものだったと思う。

競争率はかなり高かったのだが、礼子は同じようにして採用された五人の娘と共に、白衣を着せられ、赤坂のビューティサロンに通うことになった。コンサルタントと銘うってあるものの、早い話が脱毛専門係というもので、うぶ毛を一本一本ピンセットでつまみ、電気分解にかけるのだ。こうしたやり方は永久脱毛とよばれ、その頃はまだ大そうな機械をつかって行なわれたから、サロンに来る女たちは礼子たちのことを大変なベテランと思っていたらしい。しかし、コツさえわかればむずかしいことは何ひとつなかった。

それよりも礼子が驚いたことは、すぐに飽きると思ったこの仕事を、自分がかなり気に入り始めたことだ。人間の肌にある無数の毛を、一本一本抜いて、そこに何も残らないようにするという作業は、ある種の爽快感さえあった。このあいだまで男のような剛毛でおおわれていた女の足が、何回か通ううちには、礼子の手でやさしい女の足になる。

ひどく根気はいったが、女の手足をなにかのオブジェの素材と考えれば、職人仕事のような喜びも生まれてくるとさえ礼子は思った。

あと半年も続ければ、こんな考えはすっかり消え去ったに違いないのだが、礼子が勤め始めて三カ月もしないうちに、このサロンは突然閉鎖が決まったのだ。同業者が多すぎて客が少なくなっているというのがその理由だ。君たちは何も心配することはない。もっと別の、有意義な仕事をやってもらうとサロンの社長は言った。高橋というこの男の本業は美容院経営で、三十代の半ばで都内に六軒のチェーン店を持っているということだ。アフロヘアに大きな指輪といういでたちのこの男に、礼子は最後まで馴れることはできなかったが、彼から聞く金儲けの話はおもしろかった。若くして成功した者に独得の嗅覚で、高橋は山のようにころがっているうさんくさい話の中から、確実に金になりそうなものだけをひろい上げていったのだ。

今度の話もそのひとつで、禿げた男たちの頭に一本一本植毛するクリニックをつくるという。なんでも西ドイツで開発されたこの技術は、莫大なロイヤリティを払わなければいけないことや、正規の医者を必ず常勤させなければいけないという厚生省の指示がつき、なかなか誰も手が出せなかったという。ところが一年前に日本で初めてオープンしたところ、押すな押すなの大盛況なのだそうだ。

「なんでも週刊誌に広告を出したら、問い合わせの電話が一日に八十本だっていうんだ。

電話専用の女の子を雇っても、一年で元がとれたっていうんだから本当にすごいよなあ」

ビューティサロン閉店の日、みんなでしゃぶしゃぶを囲んでいる最中も、高橋はそんなことを繰り返した。こちらの店をたたんでまで、その植毛クリニックに賭ける意気込みを、自分自身の声で確認したかったからかもしれない。

「ナショナル植毛クリニック新宿店」は、それから間もなく、三越の真裏のビルの四階にオープンした。

「このあいだまで毛を抜いた私たちが、今度は毛を植える側にまわるんだから、おかしなもんね」

礼子たちはそう言って笑い合ったものだ。

「だんだん怪し気になってくるわね。そろそろ手をひいた方がいいんじゃないの」

などと言い出したのは母で、見合い写真をやたら持ってくるようになったが、礼子は見向きもしなかった。芝居に夢中になった時もそうだったが、新しいものはただそれだけで礼子を魅きつけた。

クリニックには四階のビルのフロアすべてが使われており、このテナント料だけで月百万円はくだらない。エレベーターを降りると、右の部屋が相談室、左は待合室となっていた。どちらの部屋も豪華な応接セットが置かれている以外は、すべて一般の病院と同じだ。客は「患者さん」と呼ばれ、毛を植えつける作業をする大きな椅子はベッドとみなされた。

こうしたものの中で、いちばん重要でかつ金がかかる小道具はもちろん医者だ。これを確保するのは非常にむずかしいらしく、銀座第一号店の医師は七十近い老人で、この新宿店は〝王〟という名の台湾人だった。彼の仕事は、クリニックに入会することが決まった男たちの血圧や尿を調べ、健康診断書をあたえることだった。神妙にこの儀式を受けると、植毛クリニックに対する信頼はぐっと深まるらしい。入会金二十万円をみんな即金で払っていく。

けれども入会金というのはあくまでも入会金で、植毛一本につき、二百円という料金はきちんと別に払わなければならないのだ。それは漆黒の細い人工毛だった。先のところにぽつんと小さな毛根がついている。これを毛先のほうからピンセットで注射針に入れていく。下の方から引き出す。すると針の先には毛根だけがひっかかる。これを頭部の皮膚にぶすっとつき刺し、針を静かに抜いていくと、毛根だけ中に残る仕掛けだ。この作業をする男は、「植毛士」と呼ばれていて、礼子たちは「先生」と呼ばされていた。王医師よりもやや短めの白衣を着ているが、たいていの患者は彼らも医師だと思うらしい。ごく丁寧に手入れのやり方などを聞いたりする。ところがこの植毛士たちも、たいてい礼子のように新聞広告やアルバイトニュースを見て集まった男なのだ。どうしても食えなくなった中年のカメラマンや、スーパーを停年退職した初老の男たちがいた。

　ここでも困ったことに、礼子は注射器に毛を入れていく作業が好きになってしまった。これは前の脱毛サロンよりも、はるかに馴れがものをいう。真白い下敷きを置き、黒い人工毛が目立つようにする。それでも毛と同じ細さの注射器の穴に入れるという芸当はかなりむずかしい。日曜日などは四つあるベッドがすべてふさがり、

「野田さん、三百本お願いします」

「伊藤さん、二百本です」

という声がかかると、なによりも早さを要求される。持ち前の凝り性で、礼子はいつのまにかスピードナンバー1と言われるようにもなった。注射針を消毒する作業も、礼子がすると正確で手早いと植毛士たちも誉めたものだ。

「礼子ちゃんみたいな娘が、あと三人いたらここの運営も本当にうまくいくんだけどなあ」

　口うるさい高橋でさえも、礼子のことは気に入っていたらしい。こっそりと給料を上げてくれたりしたのもこの頃だ。

　新宿クリニックは、高橋が予想していたよりもはるかに繁盛しはじめた。無料相談に来る客の半分は、ただちにその場で入会を決めた。そうしておいて一日も早く黒々とした髪になりたいとはやる気持ちは強いらしく、すぐに三百本、四百本と人工毛を植えた

がった。

一回につき、一人平均四万円から五万円は使っていく。高橋は笑いがとまらないわけだ。新宿をオープンさせてから間がないというのに、早くも次のクリニックを物色中だった。

禿の男対象なのだから、もともと植毛クリニックに若い男など来るわけがない。けれども田村という二十六歳の体育教師が来ると、女の子が六人坐っているカーテンの陰は、ほんの少しざわめき立つ。カルテとよばれる田村の身上書を誰かが開き、未婚の方に○がしてあったと吹聴してからだ。来る日も来る日も、てかてかと光る頭の持ち主しか相手にできない女の子たちにとって、若い独身の田村はそれだけで人気がある。もっとも田村はそんなことは全く知らず、年のわりには確かに薄い頭をこちらに向けて、じっとベッドに横たわったままだ。植毛士の池田とは気が合うらしく、彼が担当になると気ままな世間話をしていくようだ。

「いやー、こんな若禿じゃ」

空の注射針をとり替えるためベッドに近づいた礼子の耳に、田村の声がとびこんできた。

「嫁さんの来てがありませんよ。本当に困っちゃいます」

「ここでふさふさの髪になれば、田村さんだったら女の子が殺到しますよ」

「そうだといいんですけどねえー」

深いため息がその後に続いた。礼子はその時、今まで持っていた田村への好意がいっぺんに吹きとぶのを感じた。

田村がついたため息は、女性のそれと全く同じものではないか。髪の毛がもう少し多くなりさえすれば、女の子にモテたり結婚できると本気で信じている感覚は、礼子には耐えがたいほど女々しいものに思えた。

「ここに来る男の人って、まるで女が整形手術に来る時みたいなのね。ま、私は顔直したことないけど、たぶんあんなようなものだと思うわ」

クリニックに勤める直美と淳子に誘われて歌舞伎町に酒を飲みに行った時だ。直美は脱毛サロンからの同僚、淳子は一カ月前、やはり求人欄を見てやってきた娘なのだ。

「ねえー、ハゲの人って、どうしてハゲのことをあんなに気にしちゃうのかしら」

淳子の問いに、

「それはハゲだからじゃない」

と若い直美がおどけて言い、三人は大きな声で笑い合った。

「みんなバッカみたいにお金使っちゃってさ、いったい何を考えてるんだろ」

「ねえ、ハゲそのまんまの男と、ハゲを気にしてカツラかぶったり、植毛したりする男とどっちがいい？」

「そりゃ、そのまんまの男よ」

三人はきっぱり言った。

「ねえ、埼玉から来る加藤さん、知ってる？」

「知ってる、知ってる。あの人ってすごいわよ。週に一ぺん来てはさ、千本植えてくんだもんねえ」

「一回で二十万円よ。すごいお金持ちなのね」

「それが違うのよ」

淳子が声をひそめて言った。

「あの人、この治療のために貯金を全部おろしたんだって、それでも足りないから、親にも借りたりしてるんだって」

「バッカみたい……」

礼子はつぶやいた。人工毛は半永久的で、自分の髪と全く同じように扱える。ブラシで乱暴に扱ったりしなければほとんど抜けることはない。というのはナショナル植毛の宣伝文だったが、これがほとんど事実とは違うことは、毛を植える側の礼子たちが誰よりも知っていた。

人によっては人工毛を全く受けつけないこともあったし、植毛が終った後、先生たちはゆっくり患者の頭を櫛《くし》でとかす。見ているとこの時、植え終ったばかりの人工毛がごっそり抜けるのだ。これは患者の目には絶対触れさせてはいけないものだったから、植毛士の先生たちは上からすばやく紙をかぶせて隠し、早く持っていけと礼子たちに合図した。

誰も口に出してはいないが、患者たち、特に大量に植毛する加藤などは、本当に賽《さい》の河原で石を積んでいるようなものなのだ。中には人工毛がすぐ抜けて困ると不満をもらす者もいたが、そんなときのマニュアルはちゃんとあって、それはひとえに本人のやり方がいけないと主張することだ。目の荒い櫛を使っているのではないか。整髪料などでごしごしこすったりしないかと詰問するように言われ、あげくの果ては市価の五倍以上の櫛を買わされることになっている。

噂になった加藤は、櫛からヘアネットから栄養クリームまで、すべてのものをおとなしく買っていった男だ。クリニックに来る時はいつもアポロキャップをかぶってくる。帽子は彼にまるっきり似合わなかった。おどおどした眼と、ぶ厚い唇がよけい目立つだけだ。

田村の時のような好奇心は誰も起こらなかったから、カルテをわざわざ見にいった者はいない。だから、加藤の年齢はみんな知らないのだ。四十歳をとうに過ぎているという者もいたし、禿げているから老けて見えるが、まだ三十歳になったばかりだという者もいた。眉毛が薄い加藤の顔は、年齢不詳の不気味さがあった。頭の地もやけに白い。血の色が透けそうな皮膚の上に、なよなよとした茶色の髪が風にそよいでいる。加藤のためには、濃度を落とした特別製の人工毛が使われているのだ。金の続く限り植毛を行ない、やがて髪全体を強く立派な人工毛に替えたいというのが、目下のところ加藤の最大の夢なのだ。

帽子を取り、歯医者の椅子のようなベッドに加藤が横たわる。するとかろうじて生き残っている人工毛たちが、加藤の地毛とは全く違う猛々しい色で何本か不自然に並んでいる。

「だいぶ定着率が良くなりましたね」

植毛士は加藤を喜ばせることも忘れない。

「これで女の子でもめっかりゃいいんだけどね」

加藤は珍しく冗談を言ったのだ。それは田村が以前言ったことと全く同じだと思った瞬間、礼子はまた驚きにうたれた。それまで生きてきた二十一年間の人生の中で、男がそれほど女を求めていようとは考えたこともなかったのだ。

同じ年代の男の子たち、たとえば劇団に参加していたり、学生だった彼らは、これほど悲愴に異性を目的としたことがあるだろうか。いつだって恋愛は、彼らや礼子の上に突然降ってくるものであって、強い憧憬になる時間の余裕はなかったはずだ。

礼子は治療室の真ん中に立って、あたりを眺めまわした。それは注射器が空くのを待っているためと誰しもが思っただろう。最初はそのつもりだったのだが、次第に礼子はすべてのものから目が離せなくなっていたのだ。

今日もベッドは四つともふさがってフル回転していた。待合室には、三人の男が順番が来るのを待っている。

世の中にこれほどたくさんの禿げた人間がいる事実にまず礼子は心を打たれた。髪が薄くなるにつれ、コンプレックスもむき出しにされる。そしてひとりひとりの男の持つそれは、毒となって確かに若い礼子を射るのだ。

男もさまざまな屈折を抱くのはもちろん知っていたが、女と違い、そういうものは必死で奥の方に隠され、めったに見ることができないものだと長いこと礼子は信じていた。ところがどうだろう。この禿のためのクリニックでは、すべてのものがあらわになり横たわっているのだ。白いぶよぶよした頭、赤く脂ぎった頭、ふだんは目につかないはずの頭の頂点がベッドの上でさらけ出されているように、男の不安、悲しみ、憧れ、そして自惚れがこれほどはっきり見える場所もないのではないだろうか。

それがこんなにも礼子を疲れさせ、打ちのめすのだ。見えすぎる哀しみは確かにあの時礼子を圧していた。軽い吐き気さえ感じて、礼子はそこに立ちつくしていたのだから。

その時、消毒液のにおいの中に、人間の脂や血のにおいが混じっていることを初めて礼子は知った。

礼子がクリニックをやめ、ＰＲ会社にセクレタリーとして入ったのはそれから間もなくだ。父親の関係者に、とうとう泣きついたということになる。そこで外人の友人も何人かでき、六本木や乃木坂の遊び場へ連れて行ってもらうようになった。

邦男はそこで知り合った一人だ。当時はまだ学生で、二回目の留年をしている最中だった。

「俺はさ附属からスーッてきちゃったから、二年浪人したと思えばいい。留年ぐらい何ともないってお袋に言ってるんだけど、あんた本人がそんなことをいう権利はない、落第した、落第したって親戚中に騒ぎまくって本当に嫌になるよ」

のっけからそんなことを言う邦男が新鮮に見えた。銀座の宝石商の末息子で、母親と年齢の離れた姉たちに大切にかしずかれて育った邦男は、ハンディなど何ひとつ持ち合わせていないようだった。

四年間のつき合いの後に、二人が結婚すると決めた時は誰もが驚いたようだった。邦男は恋愛するにはいいが、結婚にはちょっと、というのが大方の女友だちの意見だったからだ。ただ礼子の母だけは、

「あんたみたいな気の強い娘には、苦労知らずのお坊っちゃんの方がかえっていい」

と賛成してくれた。

結婚生活は、まわりから心配されたにしてはうまくいっていた方だと思う。向こうの両親がすぐにこの建売住宅を買ってくれた。沙織も生まれた。邦男が礼子の決めた小遣いの額では不満らしく、しょっちゅう実家にもらいに行っていたのも、姑《しゅうとめ》が二年前にガンで死んでからはぴったりとやんだ。沙織が幼稚園に入園してからは、目に見えて邦男は家長らしい貫禄がついたとさえ思う。

何ひとつくよくよと考えることはないのだ。まだ若い夫が禿に悩み始めた。ずけずけ言う性質の妻がそれを見てからかった。夫は妻を叱りとばし、子どもの尻を叩いた。

どこにでもあるありふれた話じゃないの。誰に聞かせても笑われるだけよ。礼子は何度も自分に言い聞かせた。

それなのに、小さなしこりのようなものが胸にたまっている。今までになかった要素が少しずつこの家にたちこめ始めた。少なくとも邦男は変わりつつある。禿というのは、おそらく邦男が三十四歳にして初めてしょわされた荷物なのだ。その担ぎ方を知らない邦男は、今はあえぐより仕方ないのだ。そしてそのぶざまな格好を見せまいと、礼子にさえ虚勢を張ろうとしている。

礼子はテラスに出た。昨夜のてるてる坊主はもうここにはない。邦男がどこかへ捨ててしまったらしい。あたりを見まわしたが、どのくず箱にも落ちていないのだ。

朝、会社に行く途中にでも捨てたのだろうか。あんなものをどんな顔をして持って行ったのだろうか。

笑おうとして、どうしても礼子は笑えなかった。てるてる坊主を固く握りしめた邦男のスーツ姿をはっきりと思い浮かべることができたからだ。けれども、邦男がどんな表情をしているのか、どうしても礼子には想像できない。邦男の顔は、あのてるてる坊主のように、ぼんやりとしたひと筆描きだ。

自分は本当は、邦男のことなど何ひとつ知らないのではないかと礼子はふと思った。

ワイン

地下室への階段を降りながら、ガイドのニコルはちょっと肩をすくめるふりをした。これはちょっと得意の時の、彼女の癖だということを、私は知っていた。ケベックに来て二日目、私たちは何度彼女のこんな表情を見ただろう。太った中年の気のいい女だ。しかし、自分が案内する城や街並みに感激しないと、露骨に嫌な顔をする。そのたびに私たちは、〝トレビアン〟を連発しなければならなかった。

突然、彼女は早口のフランス語で喋り始める。通訳の遠藤夫人は、少しイントネーションがおかしくなった日本語で、こう私たちに伝えた。

「あなたたちに、カナダで最高のキャーブをお見せしましょう。フランスでもなかなかこれほどのものはありません」

「ワインか……」

この単語を聞くと、私はいつも緊張する。フリーの取材記者をしている私は、雑学といわれる知識はそこらへんの女の子よりは多いと思う。しかしワインだけは苦手だった。二年前になるが、ある女性雑誌にワインにまつわる記事を書いたことがある。その時会ったソムリエや愛好家たちには全く閉口した。私など百回聞いても憶えられないような長ったらしい銘柄を、すべて諳《そら》んじて言うことができ、しかもヴィンテージを暗号のように使う。目つきがそもそもおかしかった。舌なめずりするように名品を語る彼らを見てから、私はワインのようなものに足を踏み入れまいと心に誓ったのだ。

そうはいうものの、物を知らない小娘のように思われるのも、私は我慢できなかった。だからレストランやバーに行く前は、時々はワインの特集記事をつまみ読んだりする。もっとも、店に着く頃にはすっかり、何もかも忘れてしまったりするのだけれども。

「ここの酒蔵は有名なんですよ」

遠藤夫人は厚い木の扉を押しながら言った。

「モントリオールあたりからも買いに来ますよ。ケベックはフランスと直結している州ですからね、他では手に入らないものがどっさり揃っています」

キャーブに入ったとたん、私は急に無口になった。これほど本格的なものの中に私は入ったことがなく、そのたたずまいに圧倒されたのだ。煉瓦の低い天井がどこまでも続いている。ひんやりと薄暗い空間は、ところどころ小さなランプがつけられていた。目が慣れてくると、何千という瓶の丸い底がにぶい光をはなっているのがわかる。私は洋書がならべられた書斎を思い出した。

このキャーブはニコルの案内コースに入っているらしい。彼女は物慣れた様子で私たちを奥へと導いていった。

「あなたはワインが好きか」

棚の前で、彼女は不意に私の方に向き直った。ケベックの人間が誰でもそうであるように、彼女も英語がひどくヘタだった。

「飲むのは好きだが、そう詳しくはない」

私もたどたどしい英語で答える。それを聞きつけたように、一人の男が私たちの前に現れた。背が高く、あご髭をはやした彼は、まるで学者のように見える。そうでなかったら、本屋の店員だろうか。ワインにかかわる男たちは、どうしてこう学究肌が多いのだろうと思った瞬間、私は思いがけないことをつぶやいていた。

「私、買って行こうかしら。一本ぐらい、記念に」

ニコルが嬉しそうに指を鳴らした。フランス語はわからないが、「そうこなくっちゃ」と言ったようだった。さっそく、あご髭の男がよばれる。

「このマダムのために、いいワインを一本選んでくださいですって」

遠藤夫人がささやく。男は指をつき出し、まかせておけといったように、手近な棚からワインを抜き出した。

「日本人は白が好きだから、これでどうだろうって」

遠藤夫人のピンクのマニキュアをした指は、値段のラベルを指した。

「十ドル、二千円ちょっとね。このくらいでいいんじゃないかしら」

「NO！」

はっきりと私は答えた。その時、私にはこの異国人たちに、ひと泡ふかせてやりたいような気持ちが芽ばえた。二千円のワインなんて、あまりにも馬鹿にしている。日本でも、私はもう少し高いワインを飲んでいるのだ。私はあまりにも若く、貧しく見られすぎているのではないのだろうか。

「せっかくここに来たんだから、いいワインを飲んで帰りたいわ。ふんぱつして一万ぐらいのを買って、ホテルで飲みたいの」

「まあ一万円」

遠藤夫人は決して皮肉ではなく、目を丸くした。

「私はこちらでそんな高いワイン飲んだことはないわ。曾根さんってお金持ちなのね」

「そんなことないですよ。どうせ日本に来ればその五、六倍にバケるんですから、旅の思い出に銘柄憶えて帰りますよ」

遠藤夫人は、こちらをけげんそうに見ているニコルと男に、そのことを告げた。

「どんなワインをお好みなんでしょうかって」

心なしか、男の態度は丁重になったような気がする。こんな時、名前がスラスラ出てこないのが本当に口惜しかった。

「一万円。そのへんのワイン」

私はこんな言い方をして、さぞかし男は心の底で笑っているだろうと思った。しかし男は表情を崩すことなく、ベルトについている鍵をガチャガチャいわせ始めた。

「高価なワインはこっちの方にあるそうです」

それは樽《たる》のかたちをしている棚だった。男は鍵を開けて私たちを手招きした。中は三畳ほどで、まわりをとり囲むように瓶が置かれている。ラベルの色が変わっていたり、剝《は》がれ落ちていることで、古いものばかりだということはひと目でわかった。私は体ごとうわずっていることをごまかすために、瓶を手に持った。

「まあ、これもあるわ……」

もちろん私は、それがなんというワインか知りはしない。しかし男の手前、一応そんなふうな動作をしなければいけないような気がしたのだ。

男は二本の瓶を両手に持ち、これはどうかと問うているようだった。私はラベルよりも、その下の値段を見た。暗くてよく見えない。

「四十五ドル、ちょうどいいんじゃない」

遠藤夫人の声に、私は何度も「イエース・イエース」を繰り返した。

「これは素晴らしいワインです。カナダで飲んでもレストランで……えーと、八万円はするみたいよ」

「そう、そんなにするのかあ。さっそく今夜みんなで乾杯しますか」

「いいですね。ご相伴にあずかるとします」

それまで黙っていたカメラマンの大村君が、大きな声を出した。

そんな私たちをにこにこ眺めながら、男はワインを箱に入れている。まわりにパッキングを詰めようとしているのだが、不器用だから見ていられない。

「ああ、いいわ。すぐに飲んじゃうんだから紙袋に入れてください。そう彼に言ってくれませんか」

私が言い終る前に、遠藤夫人の「まあ」という、小さいけれど鋭い叫び声がした。

「曾根さん……見て。私どうしましょう」

彼女の指さす方にはレジがあって、そこには「百四十五」という数字が浮かびあがっている。

「私、値段を見間違えたのよ……。どうりでおかしいと思ったわ。さっきから彼が、これは日本で飲めば十何万もするって言うから、一万円のものがそうなるかなあなんて思ってたんだけど、どうしましょう」

商社マン夫人で、忙しい時だけ通訳に駆り出されるという彼女は、驚くほど世間慣れしていないところがあって、自分のことのようにおろおろしている。

「私がいけなかったのよ。一っていうのが見えなかったの。どうしましょう。百四十五ドルのワインなんて馬鹿げてるわ」

それはいうまでもないことだった。旅先だからということで、ふだんは飲まない一万円クラスのものに決めたのだ。その、三倍以上のワインなどというものは、考えもしなかった。

「どうしましょう。さっきの二千円のワインにとり替えてもらう？」

私たちの態度にただならぬものを感じたらしい。男は包装する手をやめた。青緑色の眼で私を見る。その時私は、ことの次第を語る恥よりも、手痛い出費の方を選んだのだ。

「値段を間違えたなんて言えやしない。見栄を張った罰みたいだけど、いいわ、私いただいてきます」

二日後、私は東京行きの飛行機の中にいた。箱詰めのワインは思っていたよりも嵩高《かさだか》くて、機内バッグと一緒に持つと、私の両手は一杯になった。座席の下にも入りきれずに、少し通路にはみ出している。

「お客さま」

日本人スチュワーデスが、目は全く笑っていない笑顔で近づいてきた。

「その紙袋、お預りいたしましょう」

「駄目なの」

私がかぶりを振った。

「すごく高いワインなんです。震動が心配だから手元に置いておきたいの」

聞きかじった「ワインは抱いて飛行機に乗れ」という言葉を、私は実行しようとしていたのだ。

「でも他のお客さまのご迷惑になりますから、預らせていただきますわ」

スチュワーデスは笑顔を全く崩さず言う。

「じゃ、膝の上に乗せておけば構わないでしょう」

彼女は唇を元の位置にもどし、何も言わずに行ってしまった。

しばらくそうしていたのだが、どうにも疲れる。足でバッグを手前に引き寄せ、その上に置いた。

ワインを持ち歩くことは、まるで陶器を持ち歩いているようなものだ。私は空港やホテルの行く先々で、

「ディス・イズ・ベリイ・エクスペンシイブ・ワイン。ビイ・ケアフル・プリーズ」

を繰り返していた。最後にはポーターにまかせず、自分で持っていた。自分でも信じ

られないほど神経質になっているのがわかる。今も飛行機が揺れるたびに、ワインが小さな悲鳴をあげているような気がして、仕方ないのだ。

「バカみたい……」

私は苦笑いした。まるであのワイン狂のおじさんたちのようではないか。葡萄酒は呼吸をしているからといって、大事に大事に赤ん坊のように扱う男たち。私はあの人たちを軽蔑していたはずではないか。それなのにたまたま高いワインを買ったとたん、おろおろしてそのことばかり考えている。

「ね、このワインどうすんの」

隣りの席に坐っている大村君が声をかける。通路に出せない分、彼の足が置かれるべき空間に進出していることを私はすまなく思っているのだが、それは言わない。ワインの紙袋を何度も彼に持たせ、そのつどさんざん謝ってきたのだ。今さらあまり言いたくなかった。

「三万円のワイン、ちょっと飲んでみたかったな」

あの時約束した、ホテルのワインパーティーはもちろんとりやめになった。

「東京へ帰って、うんと高く誰かに売りつけてやる」

と私は、何度もぐちった挙句、持ち帰ることにしたのだった。

「開ける時があったらよんであげるわ」

「ワインに敬意を表してのパーティーなんてのもいいね。そん時はチーズぐらいのつまみにしてさ」

「あら、大村君、ワインに詳しいの？」

「人並みだよ。たまたまカナダに行く前に、そんな企画の仕事があったのさ」

「そんなことだと思った」

私たちは低く笑い合った。

「やっぱり彼氏と二人で飲むのがいいんじゃないか」

大村君は睡《ねむ》たいのか、小さなアクビをしながら言った。

「もったいないわよ。あんな子どもにワインなんかわかるもんですか」

「子どもったって、奴は僕と同じ齢じゃないか」

「あら、そう。大村君の方が上かと思ってた」

私は、怒ると少年のような顔になる邦彦のことを思い出した。邦彦は私よりも四つ年下で、そして大村君と同じようにカメラマンをしている。

「ひでえよな。自分の男ばっか可愛がってるから、ひとをおじさんにしちゃうんだよ」

大村君は目を閉じながら笑った。

その邦彦はちゃんと空港に迎えに来ていた。私が命じておいたからだ。中古のシティは、私が半分金を出している。運転手をちゃんとするという条件つきだったのだ。大村君を途中で降ろし、私たちは代々木へ向かった。ここに私は二LDKのマンションを借りているのだ。

「オレの土産、何かな」

二人っきりになったとたん、邦彦は急に甘えた口調になる。鼻の下に髭をたくわえているのだが、かえって童顔を強調しているようなものだ。

「写真集を買ってきたわ。向こうで」

「ちょっと地味だな。なんかパッとしたものはないの」

「帰りぎわ、もうドルが少ない時につまんないものを買っちゃったのよ。だから自分のものもあまり買えなかったわ」

「なんだよ、つまんないものって」

「三万円のワインよ」

「そのくらいならオレ飲んだことあるよ。ほら、去年、特別号が完売した時に、編集長が六本木で飲ませてくれたな」

「あのね、ワインっていうのは店で飲む時は原価の三倍になるのよ。しかも輸入する時になんだかんだってかかってるのよ。だから三万円のワインは、日本でいったい幾らすると思う?」

「そりゃ、そうだ」

邦彦ははしゃいだ声をあげた。

「じゃその高いワイン、二人で飲もうぜ。洋子の帰国祝いってことでさ」

「冗談じゃないわ」

私は鼻を鳴らした。

「猫に小判よ。このワイン、どれほど苦労して持ってきたか知らないでしょ。もっとわかった人に飲んでもらうわよ」

「おお、こわ」

私は機嫌が悪かった。泊まっていきたそうにしている邦彦を、疲れているからといって早々に追い払った。

「なんだよ。帰ってくるのを楽しみにしてたっていうのに」

邦彦は捨てゼリフともつかないことを言いながら、それでもしっかり土産の写真集とTシャツを抱えて出ていった。シティのエンジンの音を遠くに聞きながら、私はソファに倒れ込んだ。噂はちゃんと聞いているのだ。二十歳のスタイリストが邦彦にぞっこんだという。私の留守中に、二人はしょっちゅう会っていたに違いない。車の窓に見かけないアクセサリーがついているのを私は見逃さなかった。もしかしたら、邦彦がわざと私に見えるようにしていたのかもしれない。そろそろ汐時《しおどき》かなと思ったりするのは、やはり疲れているのと、長い旅から帰ってきてセンチメンタルになっているためかもしれない。

寝ころんだまま、私はスーツケースの横にある紙袋に視線を止めた。このワインをどこに置いたらいいのだろうか。温度が一定でしかも涼しいところという知識はあるのだが、そんな場所はこの部屋の中どこにもありはしない。カナダに行っている間に、すっかり梅雨はあけて、真夏の太陽をカーテンごしに見ることができる。私がいない間、この部屋は蒸し風呂のようになるはずだ。早くこのワインを誰かに贈らなければならなかった。

いったい誰にしよう。私の知り合いの中で、いちばんのワイン通というのは、イラストレーターの木島だ。イラストレーターというよりも最近は画家といった方がいい彼は、いわゆる有名人だ。スノッブな人種ということでもよく知られている。本郷にある大きな日本屋敷にはなんと蛇を飼っていて、アール・ヌーボーの家具の間でたわむれているという噂もあった。美食とワインに目がない木島は、よくそれに関してのエッセイを書いていた。私も原稿をもらいに行ってからのつき合いだ。木島ならこのワインの価値がわかるだろうし、誰よりも喜んでくれるだろうが、贈り物をするほど、私と彼とは親しくはない。それに、私にとっては贅沢の極致のような三万円という値段も、彼には日常的なことかもしれず、それを思うとなにやら癪《しゃく》な気持ちがしないでもなかった。

私はこのワインを、もっと有効な人物に使いたいと思った。

そうなると、思いつくのは守田以外にはいないかもしれない。守田は私がいつも仕事をもらっている女性雑誌の副編集長だ。今度のカナダの取材も、彼の強力な後押しがなかったら他の人間にいったかもしれない仕事だった。年が近いこともあって、ふだんから親しくしている。大学時代ラグビーをやっていたという彼は、人の心の襞《ひだ》を雑にすくうというところがあって、それが私を疲れさせなかった。どちらかというと、私は頭が悪いぐらいの男が好きなのだ。

「もしもし私」

「よ、無事に帰ってきたようじゃないか」

「明日、編集部に顔出します」

「そんなに急がなくてもいいよ。ネガが上がってからでいい」

「あのね、私、向こうでワインを買ってきたのよ」

「へえー、カナダワインっていうのはうまいのかな」

「それがね、カナダじゃないの。ケベックってね、私も初めて知ったんだけど、フランスのいいワインがいっぱい入ってきてんのよ」

「そりゃいい」

守田は声が大きい。そして声の大きな男にふさわしく大酒好きだった。同時に女にものを教えるのも大好きだ。一緒にバーに行って、どれほど守田から講釈を聞いたことであろう。

「赤は三十分だけ冷やしてくれ。かっきりと三十分だ」

腕時計をたたくようにして、彼はバーテンダーに命じる。こういうふうにして常連になり、そして特別扱いしてもらうというのも、彼にとっては死ぬほど好きなことだった。

「ボルドーかい、それともブルゴーニュかい」

電話口の向こうで、おそらく編集部中に聞こえるように言っているだろう守田の顔が目に見えるようだった。

「私にそんなことわかるはずないじゃないの、確かシャトーナントカっていったわ」

「君ね、ボルドーワインのいいものにこそシャトーはつけられるんだよ。そんなことも知らないのかよ」

「だって私は守田さんほど通じゃないもの」

「通じゃなくたって、このくらいのこと知ってるよ。ちょっとスペルを読んでごらん」

「ええっ、いま?」

「いいからさ」

私はしぶしぶと紙袋に手をかけた。なぜかとても腹が立った。せっかくきちんと包んであるものを破るのは女だったら誰でも嫌だ。

「ええーとね。エッチ・エー」

「おいおい、それじゃわからないよ。ちゃんとフランス語読みしてくれよ」

「無理だわ。大学で第二外国語でやって以来まるっきり忘れちゃった」

「仕方ないなあ」

舌うちの音がはっきりと受話器をとおして聞こえてくる。守田はせっかちなことでも有名だった。

「じゃ、明日必ず持ってきてくれよ。わかったね。きっとだよ」

私の返事もきかず、一方的に電話は切られてしまった。原稿はもう少し先でいいといいながら、自分が欲しいものとなると明日にも私を呼び出したいのだ。

「なによ。本当は何も知らないくせに」

口に出して言ってみた。それは誰でも知っていることだ。豪放磊落《らいらく》に見せかけて、守田が実は気の弱い男だということぐらい、鋭い人間だったらすぐにわかる。九州の田舎から来た男が、マスコミという社会に入り、馬鹿にされまいと思って一生懸命なのだ。音楽でもファッションでも新しい店でも食べ物でも、守田は実によく知っていた。しかしひけらかすあまり、いかにそれを努力して身につけたか、すぐ他人に知れてしまう。ワインのことにしてもそうだ。前に私は見てしまったことがある。それはヴィンテージを一覧表にした小さなカードだった。守田はいつもそれを持ち歩いて憶えるようにしているのだ。

「三十分。きっかり三十分冷やしてくれ」

あの言葉も、どこかの雑誌に書かれていたものに違いない。

このワインを手にした時から、私はひどく意地悪になっているようだ。私は守田にこれをやりたくなくなってしまった。できることなら、完璧に近い男に私のワインを飲んでもらいたいと思う。けれどもそんな男は果して私のまわりにいるだろうか。


気がつくとあたりは真暗になっていた。時計を見ると夜中の三時だった。ソファに寝ころんだままで、なんと十二時間以上眠っていたことになる。こんなことではなかなか時差が直らないだろう。からだを起こすと、心配していたとおり、軽い吐き気がした。しばらく病院に行けなかったのがよくないようだ。

昨年の今ごろ、私は意識不明になって病院にかつぎ込まれた。原因がなかなかわからず、いろいろな病院を転々として、精密検査を受けたりした。そんな時、健康雑誌の編集者が銀座の岡村医院を紹介してくれたのだ。岡村医院といえば、お金持ち専用の病院で、私には縁のないものだと思っていたのだが、彼は親切にも紹介状を書いてくれたので、私は岡村院長自らに診察してもらうことができた。軽い自律神経失調症で、疲労が原因だとわかった時はさすがに名医だと私は感心したものだ。入院することもなく、それから十日に一度ぐらいの割合で、私は岡村医院に通っている。院長に診てもらうなら、本当は何十万と包んでいくものらしいのだが、私は女のひとり身ということに免じてもらって、ウイスキーひとつ贈ったことがなかった。

そうだ、あの先生にこのワインを持っていこうと私は思った。しつこく文句を言うかもしれないが、守田は単純な男だから、どうとでも言いのがれができるはずだ。守田より、岡村院長の方が私のワインにはるかにふさわしいからだ。

彼は名医であるばかりでなく、粋人として知られていた。俳句をひねり、それが時々雑誌を飾ったりもする。ある関取の後援会長もしているはずだった。

私は私のワインにおめかしをさせた。ケベックで買ったままの紙袋ではあまりだと思ったので、わざわざ専門店へ行き、上等の和紙を買い求めた。リボンをかけると大げさなので、薄い緑色のシールをつけた。

それを風呂敷に包み、意気揚々と私は予約日に岡村医院に向かった。三日間も部屋でぼんやりしているうちに、時差や疲れもすっかり直っていた。カナダではジーンズばかりだったが、この日は白い麻のワンピースを着た。

院長が私のワインを認め、どのような顔をするかと考えるだけで胸がドキドキする。彼だったら、この価値が誰よりもわかるはずだ。患者には銀座の老舗《しにせ》の旦那たちも多い。一緒になって感心してくれる人が、きっといるに違いなかった。

ところが私は、院長にいつワインを渡していいのかわからなかった。診察室には何人も看護婦や他の医師たちもいる。おまけに私が彼の前にいる時間は五分もないのだ。

「もう頭痛はないようですね。じゃ、また十日後に様子を見せてください」

院長はそう言い終ると、すぐに椅子をくるっとまわして綺麗な白髪頭をこちらに向けた。入り口に置いた風呂敷を手渡すチャンスはついに訪れなかった。

私は仕方なく、受付けに届けることにした。もちろんこんな贈り方は私の本意ではない。びりびりと包装紙がその場で破られ、

「ほう、シャト――」

と正確な発音で呼ばれなければならなかった。けれども私と彼との間には、ついにそんな時間はやってきそうもないのだ。

「あのう、これ、岡村先生に……」

言いかけて私は大切なことを忘れていたのに気づいた。贈り主の名前がどこにも記されていないのだ。私は緊急の手段として、包みの上に自分の名前を貼りつけることにした。

「あのう、セロハンテープ貸していただけますか」

受付けの若い女はもう、私が何をしようとしているのかわかったようだ。こころよく頷いて引出しを開ける。しかし、中にテープは入ってなかったようだ。

「そっちにあったっけ」

女が席をたち、それを目で追っていた私ははっきりと見てしまった。床の上に山のような包みが置かれているのだ。どれも白い紙がついていて、墨で黒々と「お中元」と書かれていた。

本当にうかつなことだったが、長いことそういうことをしたことがない私は、お中元という習慣や季節がいつなのかをすっかり忘れていたのだ。

嫌だ、と私はとっさに思った。私のワインは断じてお中元ではない。そんな儀礼的な言葉で言いあらわされるものではないのだ。それにあの山の中に紛れこんだら、これはいったいどうなってしまうのだろう。他のつまらないもの、ゴルフボールだとか、お仕立て券付きワイシャツとか、舶来ウイスキーと同じようになってしまう。私のワインは特別の存在でなければならなかった。だからこんなふうに、その他大勢の物と一緒になることは許されないことなのだ。

私は包みをかかえ、すたすたと歩き出していた。

「あのう、セロハンテープ！」

女が怒鳴る。

「いいの。あの、熨斗《のし》をつけてくるの忘れちゃったから」

自動ドアが開いた瞬間、地からわいてくるような熱気が私にまとわりついた。

「どうしよう」

私の腕の中で、ワインは息もたえだえになっている。もうあの暑いマンションに帰りたくないと言っている声が私には聞こえた。

「どうしよう、どうしよう」

真昼に近い銀座は、古いフィルムのようにあたりがひっそりと背景にへばりついている。その中で白い服を着て歩く私は滑稽で、そして、私こそが相手を求めてさまよっている進物のような気がした。

京都まで

ホームに着く直前、列車はトンネルに入る。

その時、窓は女の鏡となった。

久仁子はさりげなく髪を確かめる。強くウエイブをかけた流行の髪は、久仁子の顔の輪郭によく似合った。

女にしては丸味の少ない顔だと人によく言われ、二十代のはじめの頃は悩みの種だった顎の線が、いまは自分の魅力だと思えるようになった。シャネルのローズ系チークをやや直線的にぼかす。この方法をおぼえてから、久仁子の顔は立体的な、日本人離れをした個性をもつようになり、そんな彼女に、先端の洋服はよく似合った。

黒いコートは一見クラシカルなようだが、袖が思いきり大きい。衿元《えりもと》からのぞく小豆色のブラウスは不思議な光沢を放って、久仁子はそのグリーン車の中でいちばん目立った。

鏡がすうっと消えた。そのかわり、冬の陽ざしがあたるホームが、久仁子の目の前に拡がってきた。

人影は少ない。スーツケースを持った外人の夫婦が、わざとらしいほど鳩にはしゃいでいる。

高志が見えた。見憶えある茶色のコートだ。グリーン車を認めてから、彼の横顔はゆっくりと正面に曲がる。ポケットに手を入れ、やや拗《す》ねたように背中を丸めた姿は、久仁子の微笑を誘った。

「バ、カ」

口の中でころがすようにつぶやいてみた。そうしながら窓に近づく。久仁子をやっと高志は見つけ出した。

いつもはにかんだように笑う男だ。

窓ごしに久仁子はもう一度ささやいた。

「バ、カ」

口のかたちで高志は意味を悟ったらしい。軽く唇をとがらせた。

男と顔を見つめ合ったまま、久仁子は通路をぬけホームに降りた。冷気がすばやく顔をつつみ、久仁子を一瞬身がまえさせた。

「どうして――」

高志が言った。

「どうしてバカなんて言うんだよ」

目は笑っている。二週間ぶりに恋人に会う嬉しさを隠しきれないようにはずんでいる。

「すぐに私のことを見つけられないからよ」

久仁子はわざと乱暴に言い、ボストンバッグを投げ出すように高志に渡した。

「すぐにわかったぜ。だからちゃんと合図したじゃないか」

バッグを受けとるふりをして、高志はやわらかく久仁子の手を握った。男の指は冷たく、ホームで久仁子を待っていた長さを告げていた。

「それに、あんまり嬉しそうな顔をしないんだもん」

久仁子は風で額にかかった髪をはらいながら言った。自分でも気恥ずかしいほど、声が甘くなっていくのがわかる。

「嬉しそうな顔をしてるじゃないかあ」

「してない」

「してるったら」

いつのまにか二人は手を組んでいた。脇腹をぴったりとつけるようにして階段を降りた。八条口は、古びたビルや駐車場が続き、京都駅とは思えないほど風情《ふぜい》のない場所だが、車を拾うのには都合がいい。

「どうするう、ホテルへ行くと遠まわりだよ。このまま真っすぐ大原へ行く?」

「うん、そのかわりバッグはタカちゃんが持っててね」

「いいよ」

高志はうなずいた。それは〝こくん〟という表現がぴったりで、彼の動作は若々しいというより幼く見える時がある。二十九歳という彼の年齢と照らし合わせて、久仁子をたまに不安にさせるのだ。

色白の顔に、細い目はやさしげだった。それに意志的な薄い唇と、がっしりした体躯《たいく》がなければ、高志はひたすら軟弱な青年に見えたかもしれない。久仁子はそうした男たちが大嫌いだった。東京でそういう男たちは飽き飽きするほど見ていた。彼らを揶揄《やゆ》したり、とびきりおもしろい悪口を思いついたりしているまに、気がついたら三十をすぎていた。そんな気がする。

「クンちゃん、忙しくなかった? よく来られたね」

それなのに、この男の言葉の耳ざわりのよさはどうだろう。単語のひとつひとつが、やわらかく語尾が上がる。高志は久仁子の前では決して京都弁で喋《しゃべ》らない。ごくふつうの標準語だったが独得のイントネーションがあって、それは美しい秘密を含んでいるように久仁子には思われる。

「運転手さん、じゃ、大原行ってくれますかァ」

と言った時にも、最後の言葉はすべるように高くなり、久仁子は一瞬、異国に旅したような気分になるのだ。

久仁子は最初、高志を大阪の男だと思っていた。知り合ったのも大阪だったし、その後ミナミの盛り場で飲む時も、いつも高志はそこにいたものだ。

フリーの編集者をしている久仁子が、女性誌の「大阪ファッション特集」というページを担当したのは、もう一年以上前になる。その時久仁子が真先に訪れたのは、早稲田で二年先輩だった在田悦美だった。彼女は大阪に本社がある、大手の繊維メーカーの企画室に勤務している。その前は東京支社のプレス担当だった。プレスというのは、企業のマスコミ窓口のようなもので、久仁子のような編集者やスタイリストたちは、彼女を通じて取材をしたり、服を貸し出してもらったりする。悦美はさっぱりとした姐御肌《あねごはだ》の女で、マスコミ関係の女にずいぶんと人気があった。同じ大学の後輩ということで、久仁子も便宜をはかってもらったものだ。

ひとり娘の悦美は、三年前に故郷の大阪に希望して転属した。明るく世話好きな性格はあい変わらずで、地元のミニコミ誌にレギュラーでコラムを連載したり、ラジオ出演をしたりと、今ではいっぱしの顔らしい。

悦美がひき連れていた同僚の男たちの中に高志がいた。男ぶりでもあきらかに群をぬいていたが、繊細な印象がまず久仁子の目をとらえた。ファッションメーカーに勤務しているのだからセンスがいいのはあたり前だが、昔風の白いシャツの着こなしは心にくいばかりで、それは彼を優雅な書生のように見せていた。

「綺麗なコだね」

久仁子は悦美にそっとささやいた。

「なんなら食べてええでェ」

悦美はすっかりとりもどした大阪弁でにかっと笑った。

「でも若そう……、幾つよ?」

「確か二十八とかゆうてたんとちゃう」

「こりゃダメだァ」

久仁子は酒くさいため息をついた。

「私より齢下《としした》だァ。私、齢下はちょっとパスしちゃう」

「何言ってんのよォ」

悦美はほっそりとした女だったが、地声がやけに大きい。

「そんな贅沢いってるから売れ残ってしまうんやで。あんたときたら、いつもつまらない男にひっかかっていつもピイピイ泣いてるやんかあー。女がこの年になったら、齢上だ、齢下だもないでえ。な、草間クン」

その時、テーブルの端に坐っていた高志は、首をかしげながら曖昧《あいまい》な笑いをうかべた。他の五人の男たちが声高に喋り合っていたから、二人の話が彼に聞こえるはずはない。

「顔はママアだし背も高いけど、女っぽいわ。パス！」

舌うちしたいような気分で、久仁子はグラスをあおった。この「パス」というのは、久仁子の女友だちの間ですでに日常語になっている。知り合ったり、目についた男を皆でさんざんこきおろしたあげく、誰かがジャッジをくだすのだ。

「パス！」

それはとるにたらない男、という侮蔑と、もうこれ以上話題にするのはやめようという結論であった。


「クンちゃんは大原は初めて？」

高志が尋ねた。彼の手はしっかりと久仁子の手を握っている。タクシーの中で、レストランのテーブルの下で、二人の手はすぐにからみ合った。そしらぬ顔で話を続けながら、指と指を激しくこすり合わせる。こんな恋人同士のゲームを、ずいぶん昔、二十歳の頃にさんざんしたと久仁子は思った。

「初めてじゃないかなあ」

久仁子は言って、じわじわと体の重みを高志にあずけ始めた。

「修学旅行で来て、その後、友だちと旅行で何回か来たけどォ、行くとこってせいぜい御所とか、銀閣寺なんだよね。市内をちょっとまわって、後は疲れてホテルでお酒を飲んでたような気がするう」

「そんなものかもしれないね」

肯《うなず》く高志の横顔の向こうには、瓦屋根の家々が連なっている。古びた格子とガラス戸の上には、これまた時代がかった看板がかかっていて、久仁子はそのひとつひとつをうたい上げるように読んだ。

「ハカリ屋さん、弓具屋さん、乾物屋さんだって……。ねえ、ああいうお店って、ちゃんと商売が成りたっていくの？」

「どうだろうなあ。でもここに店があるっていうことは、必要とされているからじゃないかな」

「ふうーん」

薄暗い八百屋の店から老婆が出てきた。自転車で通りかかった中年の男と挨拶をかわす。老婆の着物は深い茄子《なす》色だ。陽をあびて、彼女が毎朝磨くらしい格子が飴《あめ》色に光った。

「私って——」

久仁子は言った。

「今まで京都のどんなとこを見てたのかなあ。さっと観光地をまわってただけだわ。こんなにしみじみとした気持ちで眺めたことなかったもん。ホントに……」

それはタカちゃんと一緒だから、という言葉を、久仁子は呑み込んだ。そうでなくても、舌たらずの少女のように話す自分が気になって仕方ないのだ。三十歳の自分がこんなふうに喋りながら男と手を握り合っていていいものだろうか。わずかに残っていた勝気な理性が久仁子を赤面させた。

しかし、そんな分別は長く続かなかった。

タクシーはやがて雪の残る山道にさしかかった。藁葺《わらぶ》き屋根の農家が見える。底冷えの寒さに、時までが凍りついたようだ。麦わらを焼く細い煙の上には灰色の空があって、羽根をあまり動かさずにカラスが飛んでいる。

不意に「心中」という言葉を久仁子は思い出した。

高志と自分は、京のはずれへと逃れる道行《みちゆき》の二人のようだと思う。追う者もなく、たとえ幸福の極みにあったとしても、このせっぱつまったひたむきさはどうだろうか。

男の手は暖かく、確かに久仁子の掌の上にあり、指の中にあった。

「私カメラ持ってきたわ。いっぱいタカちゃんを撮るから……」

久仁子はそう言うと、うっとりと目を閉じた。

舞台装置のような風景はそう長く続かなかった。杉木立ちの陰から、何組かのアベックが姿を見せ始めたと思う間もなく、あたりは急ににぎやかな通りとなった。「しば漬け」「八ツ橋」と書かれた旗や看板は、久仁子のよく知っている京都だった。

真冬だというのに人の多さに久仁子は驚いた。若い女性のグループも多いが、それよりも目につくのは、いかにも狎《な》れた感じの二人連れだ。女が土産物を手にとる横で、男は笑いながらうなずいたりしている。

「やっぱり冬の京都って、ワケありの二人連れが来るところなんだわ」

久仁子は好奇心を丸出しにして、あたりを見わたした。

「僕たちもワケありってわけですか」

上機嫌な時の癖で、高志は馬鹿丁寧な口調で言った。

「私たちはワケありなんかじゃないわ。どちらも独身の男女なんですからねッ」

「そりゃそうです」

高志はさりげなく久仁子の髪を撫でた。

「それにしても不思議だわ。山道を登ってきた時、車は私たちの一台だけだったわ。この人たち、いったいなんで来たのかしら」

「多分バスじゃないかな。結構出てるはずだよ」

「そう……」

久仁子は嫌《いや》らしく聞こえないよう骨を折った。タクシーを使ってここまで来る者がそう多くないことは久仁子を満足させた。来る時は新幹線のグリーン車、宿は京都ホテルと、高志との逢瀬《おうせ》の時はできる限りの贅沢をした。

特別契約をしている女性誌は二社あった。新雑誌の企画にも携わっているから、嘱託料もある。そこらのOLなどおよびもつかないような収入を得ている自負が久仁子にはあった。それを決して表に出さないようにしながら、男に細やかな気くばりをする心地よさはたまらなかった。三回に一ぺんぐらいは、伝票の下に紙幣をすべり込ませる。そんな時、高志は必ずむきになってはねのけようとした。

「いいったら。僕が払う」

「ダメよォ、たまにはいいじゃない。こんな高いところに連れてきてもらったのは私なんだからあ」

こんな小さないさかいも久仁子には新鮮だった。店の人にみっともないからと、ようやく高志の手にそれを握らせると、彼の唇はいささかむっとしたように結ばれる。機嫌が悪くなると、そこからはなかなか次の言葉が出てこない。

すべてにおいて、高志には無邪気といっていいほどむき出しのところがあった。それは育ちのよさというより、彼の自信とプライドによるものだということを後から久仁子は知った。屈折することも、臆することもほとんど知らない人間というのにそれまで久仁子は会ったことがなかった。だから高志を初めて見た時、彼の明るさは単純で、いささか愚かしく思えたものだ。

悦美がしょっちゅう電話をかけてくるので、久仁子は用事をつくっては大阪へ出かけた。

飲む時はたいていミナミのスナックかパブで、悦美の友人が一緒だった。ラジオ局のディレクター、ファッションデザイナー、ミニコミ誌の記者など、メンバーはその都度変わったが、高志だけはなぜかいつもいた。トランプ遊びの時、いつも必ずついてまわるカードのように、気がつくと高志はテーブルのどこかに坐っていた。

「あのコ、いつも私に言ってんのよ。佐野さんが大阪に来る時は絶対僕に教えてくださいってね。あんたが私に電話かけてくる時は、ビクッて感じできき耳たてるんやからたまらんわ。あのコ、あんたに惚れてるんと違《ちゃ》う」

悦美の声は大きかったので、離れたところでビールを飲んでいた高志は真赤になった。

「佐野さん、一年ぐらい前『女性ファンタジー』に、『おんなNOW』って記事を書いていらしたでしょう。あれ、すごくおもしろかったなあ。いろんな職業の人をドキュメンタリータッチで書いてて、僕あれをずっと愛読してたんです。その時、佐野久仁子っていう名前を憶えてたんだけど、悦美さんの友だちだっていうでしょう。驚いたけど嬉しくって、大阪にいらっしゃるのを楽しみにしてたんです。まあ、憧れていたのは本当だけど……」

自分の書いた記事を読み続けていたという事実と、憧れという単語が、久仁子をいっきに華やいだ気分にさせた。

「そうだったの。どうもありがとうございます」

久仁子はテーブルににじり寄って、高志のグラスにビールをついだ。

「よっ、ご両人！　これでキマリだねッ」

プランナーとかいう男が、ダミ声ではやしたてた。

「若い人はいいわねえー」

久仁子とそう違わないというのに、悦美が貫禄めいた口ぶりで目を細めた。

「そろそろおばさんは退散しようかね。明日の朝いちばんの飛行機で東京出張だから、老いの身にはつらいわあ」

「あら、聞いてなかったわよ」

久仁子は悦美の方に向き直った。

「土曜日は休みだと思ってたから、明日は悦美さんと映画でも見て、フグでも食べようと思ってたのに……」

「出張所相手じゃ、そう優雅なことは言っとられんわ。あんたも私と一緒に東京へ帰ったらどうや」

「いつもあわただしく来ては帰るって悦美さんが文句言うからさあ、私は今度こそゆっくりしていこうと思って、あさってまでスケジュールをいれておかなかったのにィ……」

久仁子はかなり本気で怒りながら、何杯目かのグラスに手をのばした。その時、高志と目があった。穏やかさと善良さが入り混じった表情には、あきらかに媚《こ》びがあって、それは久仁子を傲慢にも大胆にもさせた。

「私、草間さんに案内してもらおうかしら」

久仁子は言った。

「明日、大阪を案内してくださらない。いいでしょう」

その時、高志の顔を横切ったものは、久仁子が予想したものではなかった。喜びでも驚きでもなく、もっと単純な狼狽《ろうばい》だった。

「僕、大阪の人間じゃないんです」

困惑したように高志は久仁子を見た。

「僕、京都から通ってきているんですよ」

久仁子はさまざまな謎がとけたような気がした。他の男たちに混じって、高志はいつも所在なげだった。大阪の男たちはよく喋りよく笑った。騒々しさは大阪弁が拍車をかける。久仁子のように東京の人間がひとり混じると、男たちはことさら土地の言葉で声高に喋るような気がする。それは偽悪的で独得のリズムがあり、そのエネルギーの中に、たやすく久仁子をひき込んだ。

「そやね。ま、ほんまあ」

気がつくと、たどたどしいイントネーションであいづちをうっていることさえあった。そんな時、ふと傍《かたわら》の高志に目をやると、彼は黙ってみんなの話に耳を傾けていた。たいていは笑顔だ。気のきいた冗談を言うわけでもなく、男たちがよくやるように、会話にとぼけた合いの手を入れるわけでもない。

「そうだったのか、草間さんは京都だったの」

「はい」

高志はその時、薄い笑いをうかべた。その笑いは、久仁子が初めて見るものであって、誘いとも拒否ともとれるものであった。わけのない腹立たしさが久仁子を襲った。

「そんならちょうどいいわ」

久仁子は、耳をすましているらしい悦美たちに聞こえるように声をあげた。

「私、京都ってあんまり行ったことがないの。だから京都を案内してちょうだい」

今さら後にひけないと思った。この男は、確かにいろいろな素ぶりを自分に見せてきたのだ。だからその義務として、自分の命令を一度ぐらいは聞かなければならない。みんなも二人のやりとりを見ている。自分に恥をかかすことは許さないから——。顎をそらせて相手をじっと見た。

「いいですよ」

久仁子が拍子ぬけするほど、あっさりと高志は言ったのだ。

次の日の朝、大阪のホテルで久仁子は目をさました。それほど飲んだわけでもないのに、ずきずきと頭が痛い。こめかみをおさえながら、飛行機の時刻を思い出そうとした。

京都へ行く意志などとうになくしていた。昨夜《ゆうべ》、あの場で一応のケリはついたのだ。

高志は「喜んでご案内します」と言った。それに何割かの社交的要素が混じっていることは、久仁子にもよくわかる。それ以上深追いするのは野暮というものだろう。それに、よく知らない男と京都を歩くというのは今さらながら億劫《おっくう》な気がしてきた。教えてもらった高志の自宅に電話をかけ、断わりを入れようと思った時だ。枕元の電話が鳴った。

「おはようございます。まだおやすみになってらっしゃいましたか」

高志だった。

「ホテルにも予約入れときました。いま、新幹線の時刻調べたんですけど、こちらに十二時半に着くというのはどうでしょうか。僕が駅までお迎えにあがります」

「どうも」

久仁子はやたら照れている自分に驚きながら、窓のカーテンをいじくり始めた。重い布がまくれると、朝の光が線となってこぼれ出した。「希望」というものをもし絵に描くのなら、こんなふうになるのではないかと思われるほど、光は薄暗い部屋をまっすぐにつきぬけていった。

受話器をとおして聞く高志の声は明るくはずんでいた。久仁子が京都に来ることをまったく疑ってはいなかった。こんな率直な好意や優しさに、長い間久仁子は出会っていないような気がした。

「じゃ行きます。のぼりひかりの、十二時十分発ですね。はい、確かに」

久仁子はさらに大きく窓をあけた。感動に近いものがからだ全体をおおっていた。けれどその時も、久仁子はまさか自分がその男を愛するようなことになろうとは思ってもみなかった。

だからその日、京都を二人で歩いている時、少なからず久仁子は困惑していた。自分がどのようにふるまっていいのかわからなかったからだ。年上のキャリアウーマンのようにふるまうことはたやすいし、それは昨夜までやっていたことだ。しかし、初秋の京都で男連れでいる時に、それはいかにも惜しいことのように思われた。

「あら、わ、きれいな紅葉。綺麗ねえ」

時たま久仁子は少女のような声をあげ、そのたびに自分をたしなめた。

「紅葉も、いま時分がいちばん綺麗なのかもしれませんね」

と、言い直すことを忘れなかった。

高志といえば、そんな久仁子を例のまぶしげな微笑で見つめていた。彼は大阪にいる時よりも明るくいきいきしていた。

「うちから会社まで、一時間半もかかるんですよ。だけどどうしても京都からは離れられませんね」

高志は言った。

「僕は学校も同志社で、京都以外の土地を知らないんですよ。だからここ以外で暮らすのは、なんかこわいんですよ。会社の近くに下宿すれば、からだもラクなのはわかっているんですけど」

「いいですね。京都に暮らすのって。毎日が修学旅行に行ってるようなもんでしょうね」

二人はだらだらと清水寺の裏側の階段を下りていった。両脇の土産物屋は、どこも人が群れて、「清水まんじゅう」と書かれた店先には、湯気に誘われた女の子たちが順番を待っていた。

「いや、こんなところはめったに来ませんよ」

高志は苦笑いをうかべていた。

「清水寺に来るのなんか何年にいっぺんです。ふだんは、ふつうのところにいます」

「ふつうのところって？」

「本屋とか、レコード屋とか、喫茶店。学生時代から馴染みのところがいくつもあるんです」

「行ってみたいわ。そういうふつうのところ」

「だってつまんないですよ。ふつうのとこなんて」

「ふつうのところを見たいのよ」

その時まで、まだ久仁子は用心していた。その言葉が、男に対する自分の興味の表現のように思われないかと警戒さえした。

「私たちって、京都っていうとおざなりの観光地しか知ることができないでしょう。だからそういうところへ行きたいの」

とつけ足した。

しかし意外なことに、その後高志が久仁子を連れていったのは、京都の有名ホテルにあるステーキハウスだった。懐石料理とステーキを組み合わせた不思議なメニューだった。

「ここは、よくうちの両親と来るんですよ」

と高志は言って、ワインリストを眺め出した。昨夜《ゆうべ》悦美が耳打ちしてくれたところによると、高志の父親は京都の私大の教授をしているということだ。

「北白川の方の、大きい屋敷に住んでるらしいよ。うまくやりいな」

高志の動作のひとつひとつは、品があったが洗練されたところがないといってもよかった。久仁子が考え、見聞きしている洗練という言葉には、スピーディということが大きな要素を占めるのだ。久仁子の知っている東京の男たちは、メニューでも情事でも手なれたふうにさっさと決める。それなのに高志はやたらまだるっこしいのだ。

「どうしようかな。なんにしようかな」

とリストを見てはじっと考え込む。この様子は少し久仁子をいらいらさせた。

「なんでもいいわ。軽めの赤にしてください。ここ、ボジョレーは置いてないの」

と、直接ウェイターに話しかけてしまう。

フィレの肉は、想像した以上にやわらかくて美味だった。

「おいしい。すごおく」

久仁子が言うと、高志の顔がパッと輝いた。

「よかった。佐野さんは東京でおいしいものをいっぱい食べているだろうから、お連れするところをすごく迷っちゃったんですよ。だけどここなら、まあ間違いはないと思って……」

「そんなことはないわ。東京でもそんなにご馳走を食べているわけじゃないもの。忙しい時なんか、出版社の食堂で丼《どんぶり》ものをガツガツ食べたりしてるわ」

「佐野さんが、そんなことしてるなんて信じられないなあ」

「本当よ。ふだんの生活なんてお見せしたいわ。もう女の部分をかなぐり捨てて働いてるわよ」

そんなことを言いながら、この男は自分のことを買いかぶりすぎていると久仁子は思った。しかし、もちろん嫌ではない。酒の酔いのように、心の奥の方からひたひたと心地よくなるものだ。

もう一軒小さなバーに行った後、高志は送りがてら鴨川のほとりを散歩しようと言い出した。

「鴨川と加茂川っていうのは、字が違っているんですよね。川が途中で分かれて鴨川と加茂川になる」

「加茂川、鴨川……あら、本当。どうして今までこんなことに気づかなかったのかしら。それでこの川はどちらの川なの」

「これは鴨川ですよ。今はもう寒くなって駄目だけど、夏はアベックの名所です。二メートルずつカップルがザァーッと並ぶんです」

「そう。相手が私でごめんなさいね。でも夏になると、草間さんはよくいらっしゃるんでしょう」

これが男への媚態《びたい》でなくて何だろう、と久仁子は思った。すでにふざけて腕を組んでいる。こうして闇の中で、男の顔をのぞき込むことがどういうことか知らないわけでもなかった。

「いや、僕は最近は来ていません。学生の頃は彼女とさんざん利用したものですけど」

その時、久仁子はあきらかにうろたえた。思いがけないほど強く嫉妬の感情がわき起こってきたのだ。高志の恋人、この地で青春をおくった二人、そしてまだ若々しい高志自身に、三十歳の久仁子は息苦しいものを感じて立ち止まった。

「砂だから歩きにくいんでしょう」

高志は久仁子のハイヒールの足元を見つめた。

「いいえ、そんなことはないわ」

できるだけ素っ気なく言った。

「ほら、あそこに橋があるでしょう。あの橋が四条大橋っていうんですけど、あそこまでの距離と、アベックの濃密度っていうのは反比例するんですよね。橋の方へいくと明るいから、あっちの方へ行くのはまだ初心者。大胆なアベックになればなるほど、橋から遠ざかるんですよ」

酔いのせいか、高志はいつになく饒舌《じょうぜつ》だ。そんな彼に久仁子はやっと落ち着きをとり戻していた。

「そう。じゃ、私たちは橋の方へ行きましょう。アベックごっこはこのくらいにして」

その時、強い力で久仁子は腕をつかまれた。ずるずるとひきずるようにして、久仁子は橋から遠ざけられた。橋からのあかりが途切れたあたりに、闇がたちこめているのが見えたが、久仁子は抗《あらが》わなかった。

高志が唇を重ねてきた。それはごく基本的なやり方でおこなわれ、そろそろと数秒後には離れた。微笑むような感情を久仁子は持った。だから二度目に求めたのは、彼女の方だった。しっかりと男の首に手をまわし、唇で唇をこじあけた。探しあてた舌を舌でからめた。とまどいの後、強い反応が男に起こった。久仁子よりも遥かに激しく、舌は吸われ始めていた。手はいつの間にか、久仁子の頬におかれていた。熱い手と舌だった。それからたとえようもないほど大きな誠実を久仁子は感じたのだ。自分があたえたものよりも、もっと強く応えようとする心。齢上の女の、からかいめいた余裕をまっすぐにかえそうとする心。これが誠実でなくてなんだろうか。

川音を遠い世界のことのように久仁子は聞いた。自分でもうろたえるほど、わずか五分前となにもかもが違ってしまったのだ。

「私――」

私、帰るわ、と久仁子は言おうとした。たかがくちづけひとつで、これほど酔っている自分を見られるのは嫌だった。しかし、次に出た言葉は、完全に自分自身を裏切ったものだった。

「私、ひとりぼっちなの」

その後、いったいどんな言葉を続けようとしたのか、今となっては久仁子は憶えていない。

だから優しくしてね。

だから離さないでね。

そのどちらでもないような気がする。ただあの時、堰《せき》を切ったように久仁子の中でなにかが流れ出し、どこかが空っぽになった。その空っぽになった場所が、ひょいとあんな言葉を言わせたような気がするのだ。

鴨川のほとりから二週間後、ごく当然のことのように二人は関係を持った。電話のささやきだけでは耐えられなくなった高志が上京してきたのだ。高志は久仁子が知っている他の男たちとはまるで違っていた。性的な技術では、もっと上の男もいたかもしれないが、高志には若さとひたむきさがあった。きまじめさゆえに、高志は限りなく奔放になり、淫靡《いんび》な動きをした。それは久仁子が知っている、昼間の端整な彼とまったく別のもののようでもあるし、どこかつながってもいるようだった。ともかく高志は「寝た」ことによって、久仁子がますますのめり込んでいった男だったのは確かなのだ。

「僕たち、もう離れられないね」

次の日の朝、久仁子の髪を指にからませながら高志は言った。久仁子は遠い昔、そんなふうなことを言った男がいたのを思い出した。初めての男だったか、その次の男だったかはもうおぼえてはいない。いずれにしても久仁子から離れていった男だ。それからの男は、もう誰ひとりとしてそんなことを言わなかった。

久仁子は目の前の男を見た。自分がひどくからかわれているような気がしたのだ。それなのに、白いシーツにくるまった高志は清らげで、透明な目をしている。何かを告白しなければならないと思った。

「やめてよ」

久仁子は叫んだ。

「どうしてそんなことというのよォ」

高志の肩を揺さぶった。

「私、あなたが考えているような女じゃないわよ。なにか勘違いしてるんじゃない。意地悪な年増の女だし、それに男の人だって何人も知ってるのよ。そんなに多くはないけどさ。捨てられたり、すったもんだばっかりだったのよ」

もちろん、こんなドラマのセリフめいた言葉を吐くには、久仁子の計算があった。さらに劇的な言葉で、高志に否定してもらいたかったのだ。そして、高志のそれは久仁子の予想以上のものだった。

「みんな練習だったんだよ」

久仁子の背中を撫でながら高志は言った。

「みんな僕と会うための練習だったんだよ」

「まあ……」

その後、二人は二回からだを重ねた。


「大原って、おもったよりつまんないだろ」

雪の庭をひとまわりする頃には、爪先まですっかり冷え込んでくる。手袋を持たない久仁子は、高志のコートのポケットに右手をすべり込ませる。すると高志も、すばやくその中に手を入れて、しばらく久仁子の指をもてあそぶのだ。高志の茶色のコートのポケットは大きくて、それは久仁子にとってすでに密室のような意味をもつものとなっている。

「そんなことないよ。お寺って雪があるとすごく素敵だもん。墨絵みたいになってくるもん。それよりか、私、なんかあったかいものが食べたい」

「こら、食いしん坊」

「だって、新幹線の中でなんにも食べなかったんだもん」

それは嘘だった。女のくせに怖ろしいほどよく食べると、久仁子はよく人にからかわれる。高志といる時には少しでも少食に見せたいために、久仁子はいつも車内で幕の内をひとつたいらげるのだ。

茶屋に入った時も、久仁子はぜんざいを半分食べ残した。

「あんまりおいしくなかった?」

それが癖で、高志はいつも眉をひそめるようにして尋ねる。

「ううん、胸がいっぱいなの」

「クンちゃん」

高志は急に真面目な顔になって言った。

「ちゃんと食べてる?　ちゃんと寝てんの?　仕事忙しいだろうけどさ、体に気をつけなきゃ駄目だよ。編集の仕事っていうのは大変なんだろ。ねえ、僕と会うために無理をしてるってことはないの。本当にからだだけは気をつけなきゃ」

「うん、だいじょうぶ」

食べ残したぜんざいの湯気が、まだあたたかく顔に伝わってくる。それよりももっと暖かいものに久仁子の心は満たされる。そしてその後、こんな芝居めいた幸せがいつまで続くのだろうかと、きまって久仁子は不安にかられるのだ。

「これからどうする」

高志が聞く。

「まずホテルに行って荷物をおくわ。ちゃんと予約しといてくれたァ?」

「した」

「シングル？　ツイン？」

わざと意地悪く聞く。高志の白い頬にぽうっと赤みがさすのが見たいのだ。

「勝手にツインにさせといてもらいました」

「えっ、だって泊まるのは私ひとりなのよ。あなたはおうちへ帰っちゃうんでしょ」

「それまでは、遊んでくんだからツインにしたっていいじゃないか」

「じゃ、トランプでもしますか」

「バカ」

まわりを気にしながら高志は怒鳴った。その目は共犯者としての淫乱な輝きをすでにもっていて、久仁子をうっとりさせるのに十分だった。


「クンちゃん、雪が降ってきたよ」

茶店の窓を眺めていた高志が言う。

「早く車にもどろうか」

「待って。その前に私タカちゃんを撮るわ。せっかくカメラを持ってきたんだから、写真をうつしてから帰りましょうよ」

「じゃ、僕が君を写してあげる」

「いいのォ」

久仁子は大げさに手をふった。

「私がタカちゃんを写したいの」

高志は苦笑いしながら茶店の庭に立った。そこからは杉木立ちが続いている。降り始めた雪はかぼそく、白く、高志の肩と枝に積もった。「なんて美しい男なんだろう」久仁子はレンズごしに見惚れている自分に気づいた。そして必死にそれを記録しようとしている自分の心の奥にあるものには、気づくまいと思う。

いまはただ何も考えずに酔っていればいいのだ。

久仁子はそう言いきかせながらシャッターを切る。雪につつまれて、高志は夢のようにうかびあがっていた。


「ちょっとさあ、あんた冗談じゃないわよォ」

せかせかと煙草を吸いながら、祥子は何度も髪をかきむしった。

「もう、そういう話聞くのって、私、耐えられないのよねえ」

祥子は久仁子よりひとつ齢上で、中堅どころの出版社で雑誌をつくっている。かつては久仁子の同僚だった。辛辣《しんらつ》なことにかけては久仁子以上なのだが、いざという時に居直れない東京生まれの気の弱さがある。同じように上役の悪口を言い合いながら、さっさと会社をやめてフリーランスになった久仁子とは対照的といっていい。

京都土産のちりめんじゃこを肴《さかな》に、二人でウイスキーを飲み出した頃はまだよかったのだ。高志との話も笑顔で聞いていた。

「そう、道理でこの頃うちにいないと思ったらさ、京都くんだりに男ができたのか。ふうーん」

などと言っていた祥子が、髪の毛をがりがりとひっかき始めたのは、「クンちゃん」、「タカちゃん」のへんからだった。

「もう普通の神経とは思えないわよね」

きっぱりと言う。

「あんたさあ、いったいい自分のことを幾つだと思ってんのよ。仮りにも三十すぎて、キャリアウーマンっていわれる身の上でしょう。ま、私はキャリアウーマンっていう言葉大嫌いだけどさ、まあ一人で看板背負って働いている女がさ、『クンちゃん』なんて呼ばれてはしゃいじゃってどうすんのさ。向こうの男も二十九歳でしょう。ホント、信じられないわよ」

「でもタカちゃんは若く見えるわよ。本当に純粋で少年みたいな人なんだから……」

「お願い。そのタカちゃんだけはやめてちょうだい」

「わかったわよ。とにかく彼ってハンサムで、すごおく素敵なんだから」

「前にも同じことを言ってたわね。そうそう、カメラマンの浅田とかいう男だったじゃない。あん時も相当追っかけまわしていたけどね」

「あんな男と彼とは較べものにならないわよ」

「ま、いいわ。土産を持ってきてくれたんだから、もうちょっとあんたの話を聞くけどさ、その前にちょっと気を静めたいから、ちょっと台所へ行って氷を持ってきてくれない」

祥子はわざとらしく頭を抱えるふりをした。

久仁子はアイスポットを持って立ち上がった。祥子の毒舌は慣れているから、そう腹は立たない。不愉快になることはあるが、いまは自分たちの恋物語をいきいきとさせるスパイスのようなものとしか感じない。

それにしても祥子の台所は汚ない。何日も前のものらしい食器が洗いおけの中につっ込まれたままだ。台所だけではない。祥子のマンションは、雑誌や本が小山をつくり、そのあいまに服やアクセサリーが、投げすてられたように置かれている。それは久仁子の部屋も同じだった。

祥子の部屋から車で五分ほどのところに、久仁子は仕事場を兼ねて、二DKのマンションを借りているのだが、その乱雑さは自分でもうんざりするほどだ。ごみためのような部屋から、上着、スカート、ストッキングと、ひとつひとつ拾い出して身につける。

それはどれも流行のしゃれたものだったから、組み合わせをすませると久仁子は、それなりの華やかな女になる。しかしそうして出かけようとドアを閉める時、いつも久仁子はこの部屋に二度ともどって来たくないような気がするのだ。その部屋には、久仁子のいちばん汚ならしい秘密がいっぱいに詰まっている。

「愛してる」

などと男とささやきあった後で、この部屋に帰ってくる自分を本当に信じられないことのようにも思う。けれども、そういった汚物やさまざまなものを、人は後ろ手で鍵を締め、なにくわぬ顔で恋をするのではないだろうか。

所詮、祥子にわかるはずはないのだ。彼女と久仁子とは昔から舞台裏でばかりつきあってきた人間だ。会う時は、たいてい深夜、どちらかの部屋で、ほとんどの場合、いちばん寛《くつろ》いだ姿を見せている。そんな人間に舞台で起こったことを話しても仕方ないのだ。

久仁子は台所の窓にうつる自分の顔を見た。化粧を落とすと顎の直線が目立って、ひどく男性的な顔になる。おまけにいまはバンダナで髪をひっつめているから、額がむき出しになってのっぺりとした印象だ。こんな女が、昨日まで男に髪を撫でられ、耳元で愛をささやかれていたとは、にわかには信じがたい。しかし、これはすべて本当のことなのだ。

久仁子は息苦しくなるような思いで、京都の風景を懐かしんだ。自分の美しさ、自分の真実は、すべてあそこにある。あの街で、高志と会っている時、自分は限りなく優しく、美貌の女になれるのだ。

どんなに忙しくても、来週も必ず京都へ行こうと久仁子は決心していた。

銀座にある出版社のガラスドアを開けた。

受付けの女となにやら話し込んでいる、男の青いジャンパーに見おぼえがあった。男が人の気配で後ろを振り向いた。やはり浅田だ。久仁子を見つけるや、

「ひょお、久しぶりィ」

と白い歯を出して笑いかけた。そう避ける理由もないが、そう会いたくもない相手だった。

「どうせヒマなんだろ。お茶でも飲もうよ」

「ヒマじゃないのよ。忙しいわよ」

今日の最終便の新幹線の切符は買ってある。その前に原稿をひとつ入れなければならなかった。

「恋愛でお忙しいのは承知してますけどさ、ちょっとお茶ぐらい飲もうよ」

浅田の言い方には、軽い脅《おど》しのような響きがあった。いずれにしても、機嫌を損ねた男に、いろいろなことを言いふらされるというのは、あまり得策ではない。久仁子は黙

って肯いた。その時、多少なりとも見せびらかしたい気持ちがなかったといったら嘘になる。

出版社の裏手にティールームがあった。右を向いても、左を向いても知り合いと関係者ばかりという店だ。フリーのカメラマンと、フリーの編集者の二人は、あちこちに挨拶しながらやっと席についた。ちょっとややこしい男と話をする時は、こういう店がいちばんいい。声と顔をとりつくろわなくてはならないという事実は、話の内容にも自制心を芽ばえさせるものだ。

「えらい評判だぜ。久仁子女史が男にとち狂ってるってな」

「そう」

こういう挑発にもさりげなく返事ができる。

熱いコーヒーが運ばれてきた。茶碗をかかえるようにして飲む男の指の長さや、高い鼻梁に以前はため息をもらし、触れることを望んだりもした。けれどもいまは何の魅力も久仁子にもたらさない。人目はひくかもしれないが、同時に卑しさが目立つ。高志の持っている高潔な気品や、精神的な美しさを何ひとつこの男は持っていないのだ。

「何、考えてんだよ。黙っちゃって」

不意に浅田が尋ねた。

「何でもないわよ。コーヒーが熱くって冷ましてんの」

「男のことでも考えてたんだろ」

「違うわよ。今日の仕事の段取りよ」

その後、浅田が見せた表情は、久仁子には意外なものだった。

「全く冗談じゃないぜ」

ケントをちぎるように灰皿にねじ込みながら浅田は言ったのだ。

「聞けば齢下だっていうじゃないか。まったく、お前はいったい何を考えているんだよ」

「お前」という言い方に、男の感情が込められていた。それは自分への未練ではないかと久仁子は思ったりしたが、浅田の独占欲にすぎないのだと言いきかせた。この男の性格は二年の間、見せつけられ思い知らされたではないか。

突然、血が凍るような記憶がいくつも甦《よみがえ》った。復讐をするほど男に打撃をうけたわけではないが、男に傷つけられたのは本当だ。なにかグサリとくるようなことを、ひと言、ふた言いってみたい。その欲求に久仁子はうち勝つことができなかった。

「いろいろ勘違いしてたみたい」

久仁子は軽く微笑みながら言ってみた。

「ごめんなさいね、あなたにもいろいろと嫌なめにあわせて。ああいういろんなことは、自分が恋人だと信じ込んでいたから出来たことなのよね。あなたにもいろいろと迷惑をかけたと思うわ。反省してるのよ」

もちろん最後の方は皮肉だった。ところが不機嫌に黙り込むと思った浅田が、いつのまにかテーブルごしに身をのり出していた。

「俺は悔んでるんだぜ。本当だ」

薄いサングラスごしの目に見おぼえがあった。

「仕事でつき合う女のことで、ガタガタ言うのはよしてくれよな」

「俺は女房づらされるのがいちばん嫌なんだ」

そんなことを言ったときと同じ目だった。

「よしてよ。あなたから悔むなんて言葉を聞こうとは思わなかったわ」

久仁子は笑った。笑いながら、ああすべてのケリがついたと思った。

「お前は男のことを何にもわからないバカ女さ。男にモノを買ってもらったり、甘い文句を言われるのが惚れられたってことだと信じてるんだからな。男にはいろんなやり方があるっていうのがわからないんだから、まったく仕方ないぜ」

久仁子の頭の中に、いくつかの熱い場面がうかんだ。浅田に抱かれている久仁子がいる。浅田はいつも余裕の中で、久仁子の反応を楽しんでいるようなところがあった。久仁子が昂《たか》まるかと思う瞬間、ひょいと間をはずす。そうかと思えば一方的に、自分の荒々しさをおしつけたりする。高志にはそんな狡猾《こうかつ》なところは微塵もない。彼は素直に久仁子のからだに酔い、感動を口に出す。そして久仁子は久仁子で、自分のからだにそれほど夢中になってくれる男に、やはり感動するのだ。

この男は本当に最低よ。もう私は決してだまされたりしない。

久仁子は浅田の目を見かえしながら、はっきりと思った。

女はたった一回抱かれれば、愛されてるかどうかぐらいわかるわよ。

久仁子は膝の上のハンドバッグに手を置いた。中には新幹線の切符が入っている。あと十時間とちょっとで高志に会えるのだ。本当に自分を愛してくれる男が待つ街へ行けるのだ。だから久仁子は静かに微笑んだ。それを誤解したらしく、浅田は声をおとして言った。

「ま、いいさ。お前は俺のところへ絶対にもどってくるよ。賭けたっていいよ」

久仁子はさらに深く微笑んだ。浅田のことはいつのまにか感謝さえしているのだ。ひとつの負い目が消えようとしている。はからずも彼は久仁子に大きな自信をあたえてくれた。他の男にも愛されているという事実によって、高志と会う今日の久仁子はいつもよりも美しく見えるに違いない。

その時だ。ティールームのドアが開いて、編集部のアルバイトの女の子が入ってきた。

久仁子を見つけると走るように近寄ってきた。

「ああ、よかった、ここに居て。下村さんが至急来てくださいって、言ってるんです。

お願いします」

下村というのは、久仁子が契約している女性誌の副編集長だった。去年の春に転属してきたこの男は以前やめた出版社の上司とよく似ていた。

「佐野ちゃん、一時に来てくれるはずじゃなかったの。まずいよォ」

久仁子の姿が目に入るやいなや、下村は鉛筆でコンコンと机のガラスをたたいた。派手なダウンチョッキと、縁なしフレームの眼鏡がまるで似合わない。

「すいません。ちょっと下でカメラマンと会ったもので、打ち合わせをしてまして……」

久仁子は軽い嘘をついた。しかし半分は本当だ。

「ちょっと困ったことになったんだよねえー」

こう言って下村は神経質に眉をしかめた。

「僕はこういう重要なページを、外部の人に頼むのは前から反対だったんだけど、編集長がここは佐野ちゃんにまかせようと言うもんで……」

ねちねちと前置きだけは長くて、なかなか核心に触れない。こういうところも久仁子が下村を嫌いな理由だった。

「『ヒューマン・ライブラリー』のページあるでしょ。今日さ、柳原純也のマネージャーから電話かかってきてさ。大幅に書き直してくれだってさ」

下村はぽんとゲラ刷りを投げ出すように机の上に置いた。マネージャーから送られてきたらしいそれは、ほとんど赤いサインペンで消されていた。乱暴な文字で「ココ、マズイ」とところどころ印がつけられている。「ヒューマン・ライブラリー」は巻頭のカラーページで、その時々のスターや文化人をかなり深く取材した十ページのインタビュー記事だ。

やや冷静さをとりもどしながら久仁子は言った。

「納得いきませんね。私は芸能記者でもないし、ここはスターにおべっかつかう提灯《ちょうちん》記事でもないんですよね。どんな有名人でも、他ではやらないような切り口でやろうっていうことで、それだから読者の支持も集めているわけでしょう。それを相手の都合のいいように書き直すなんてこと、ちょっと出来ませんよね」

「だけど、ブロードウェイの機嫌を損ねるっていうわけにもいかないでしょう。あそこは特にタレントのイメージについてはうるさいんだから」

「ですけどここに書かれてあることは、私がちゃんと聞いたことばかりですし、テープにもおさめてあります。そもそも私は、こうした記事をゲラにしてプロダクションに送ること自体反対なんです。下村さんがいらした時から、そうするように言われましたんで送ってはいますけど……。でも、ブロードウェイプロに送ったのは二週間も前なんですよ。何か問題があったら、少なくとも五日以内にご連絡くださいって言ってあるんです。ギリギリの今日になって突然そんなことを言うなんて、私には合点がいきませんね」

「理屈はそうかもしれないけど、向こうがこれじゃ嫌だ、直してくれっていったら仕方ないじゃないか」

この調子では、下村はただハイハイとうなずいて電話を切ったのではないか。なんの気概もプライドももたない男を、心の底から久仁子は軽蔑した。

「編集長はなんておっしゃってるんですか」

「福田さんは、いま対談の会場にいってるよ」

「ちょっとお話できないでしょうか」

「池田美栄子先生と、真下洋一先生との対談なんだよ。おいそれと電話をかけられないでしょう」

とりつくしまもなかった。

「じゃ、とにかく私、ブロードウェイプロの谷本さんとお話しします」

「そんなことより、原稿を書く方が早いと思うけどね」

久仁子は唇を噛んだ。フリーランスになって五年、金のためにだけ仕事をしているのではないという、ささやかな自負があった。実際、書く場所と、一緒に仕事をする人々を選べる立場は守ってきたつもりだ。もちろんタレントとのこんないざこざは日常茶飯事のことだが、下村の言い方は、久仁子の自尊心をキリキリとえぐり出す。

プロダクションに電話をかけると、谷本は純也と一緒にテレビ局のリハーサル室にいるという。連絡が入るのは三時すぎになるという話だった。

「それではすぐに必ずお電話いただけますよう、お願いします」

そう言って電話を切った後、久仁子は再びゲラを読み始めた。我ながらおもしろい記事だと思う。それよりも口が重いことで定評がある柳原純也から、よくこれだけ話をひき出せたものだ。最初警戒心を壁のように張りめぐらせていた純也が、口を開き始めたのは猫がきっかけだった。あまりプライベートなことを喋らない彼が、無類の猫好きだとわかった時から、久仁子は話題を猫にもっていったのだ。

「猫のお産に時々立ち会うんだ。女も赤ちゃんを生む時はこんなかなあってよく思うよ。僕は自分の嫁さんが子どもを生む時は、手を握ってやるつもりなんだ。そして股の間から出てくる自分の子どもをちゃんと見てやるんだ」

という箇所にも「ココ、マズイ」の印がひかれていた。

五時をすぎても谷本からは電話が掛かってこなかった。

「下村さん」

久仁子はもう一度賭けてみることにした。

「連絡がいただけないってことは、権利を放棄したと思っていいんじゃないでしょうか。

何度読み直しても、全く問題は無いし、おもしろい記事だと思います。後で何か言ってきたとしても、それは記事のおもしろさと引きかえにしても……」

下村は最後まで言わせなかった。

「書き直せって僕が頼んでるんだから書き直してよ。少しの手間を惜しんでばかりいて、ゴタゴタ起こさないでほしいな」

もうそれほど腹はたたなかった。それよりも考えるのは高志のことばかりだった。今日中にどんなことがあっても京都に行きたい。どうしても高志に会いたい。高志に抱かれたい。そのことだけが、自分の人生の目標のような気がする。

久仁子は時計を見た。八時半までにあと三時間しかない。新幹線ホームまでの距離も入れて、どうしても八時すぎにはここを出たい。久仁子は原稿を書き直すことにした。もう柳原純也の猫の話など、どうでもいいと思う。できるだけ早く書きとばして、うんと陳腐な少年に仕立ててやろう。久仁子はそう決心して、原稿用紙に向かった。

しかし、二百字詰め原稿用紙五十枚を三時間で書きとばせるかどうか自信はなかった。息を深く吸って、万年筆を握りしめる。愛する男のことだけを考えながら、他の男のことを書くというのは、まったくおかしな話だった。

七時すぎまでに、久仁子は三十枚の原稿を書きとばした。途中、谷本からの電話が入ったが、話をする時間さえ惜しくて居留守を使った。七時四十五分、四十三枚。もう何も考えてはいなかった。腕が痛い。

「歌を歌うことの楽しみがやっとわかってきたみたいだね。ちっちゃな頃から、歌手を夢みていたんだもの。一生懸命やるのは夢がかなえられた者の義務だよね」

なんてつまらない文章だろう。これによって仕事がなくなるかもしれないという予感が久仁子の頭をかすめたが、もうそんなことはどうでもよかった。

今日中にどうしても高志に会わなくてはならない。いま願うことはただひとつだけ。ただそれだけだ。

最後のページの句読点をつけ終った。八時五分すぎだった。原稿を無言で下村の机の上に置いて、久仁子はエレベーターにとび乗った。いきかう顔見知りが、怪訝《けげん》そうな顔でふりかえる。久仁子はきっと自分が怖ろしい形相をしているに違いないと思った。

八重洲口の階段をかけ登り、いちばん近い新幹線のドアにからだをすべり込ませた。荒い息がまだおさまらないうちに、ドアが閉まった。久仁子は自分の部屋のドアを閉めているような感覚におそわれた。自分の嫌なもの、汚ないものは、すべて東京という部屋に置いてきた。そして鍵もしっかりと締めた。後は美しく身じたくをして京都へ向かえばいいのだ。

久仁子はまだ震えがおさまらない指で、ハンドバッグからコンパクトと、チークをとり出した。今日は少し濃い目に化粧をしようと思った。

二人は詩仙堂にいた。簡素な木造の建物は杉林の中にあって、降り出した雪はまたもや恋人たちを浮世ばなれした小さな世界に閉じ込めた。

仏像を展示した廊下を行くと、つきあたりに廻り縁のある大きな広間があった。あけはなした縁側からは、ちょうど日本画の構図そのままの庭が見える。久仁子と高志の他には、老夫婦が一組いるだけだ。しばらく縁側に坐って庭を眺めていたが、寒さがこたえるのかしばらくすると、次の展示物を見に歩き出して見えなくなった。炭は入れてあるのだが、まったく用をなさない火鉢の横に、久仁子は正座していた。ニットのスカートの膝から、じわじわと寒さが伝わってくる。けれどもそれも久仁子には心地よかった。

高志も黙って久仁子の横に坐っている。こういう時、自然に正座する男が、たまらなく久仁子には好ましかった。雪を眺めている高志の横顔を、泣きたいほどいとおしく久仁子は見つめた。あまりにも無防備で美しくて、久仁子はこんな目をした人間が、本当に会社勤めができるのかと、時々不安になるのだ。

「それはクンちゃんの買いかぶりだと思うなあ」

久仁子がそう言うと、高志は声をたてて笑う。

「僕なんか相当ズルいし、嫌な男なんだぜ。おいおいわかっていくと思うけどさ」

「その方がいい」

久仁子はきっぱりと言った。

「なんかあなたの欠点が見つかった方が私は安心するの。今のままじゃ私は不釣合だと思うもの」

「そんなことはないよ。君はちゃんと仕事をしている立派な女の人さ。でれでれと生きてる僕なんかと違うもの。僕はクンちゃんのそういうところ、本当に尊敬してるんだぜ」

雪はまだやまない。音はすべて雪に吸い込まれて、静かさよりもうひとつ上の状態にあるようだった。無をとおりすぎて、耳鳴りのようなかすかな音が聞こえるのだ。

「ほら、小さな音よ。じんじんって鳴るような音よ」

「そうかな、僕には聞こえないけどな。聞こえるとしたら雪の音じゃないかな」

高志は久仁子の方を向いてにっこりと微笑んだ。その目は白いほどさえざえとしている。

「わかった」

久仁子は小さな叫び声をあげた。

「タカちゃん、誰かに似ていると思ったらやっとわかった。さっき廊下のとこで見た、仏さまにそっくりなんだ」

「ええ！　スゴいこと言いますねえ」

高志は心から驚いたようだった。京都育ちの彼は、仏と自分が似ているという発想に、まず当惑してしまうようだった。

「どうしたの。今日はクンちゃん、すごいことをいろいろ言うねえ。昨夜《ゆうべ》だって――」

そう言った後、とまどったように高志は赤くなった。夕べ遅く、京都駅のホームで出迎えてくれた高志に、久仁子は抱きついたのだ。その後のホテルでも、久仁子は自分から何度も求めた。午前三時頃、帰ろうとする高志を泣いてひきとめたのも、今まで一度も無いことだった。

「おふくろが心配するよ。外泊なんてしたことないんだもの。遅くなるのは構わないんだけど、一応うちには帰らなくっちゃ……」

その言い方が嫌だと、久仁子はもう一度泣いた。

「あなた、自分のこと、いったい幾つだと思っているのよ。二十九歳でしょう。ふつうだったら、とっくに奥さんがいて、子どももいる年齢なのよ。そんな男がママが心配するからなんて、恥ずかしいと思わないのッ」

泣きじゃくりながら、久仁子はしまったと思った。昼間、下村とやりあった余韻がまだ残っているようなのだ。口調が仕事をしている時のそれと全く同じになってしまった。そうした詰問調の会話は、東京の〝部屋〟に置いてきたはずなのに、ついはずみで出てしまう。

「僕はどうせマザコンですからね」

高志も初めてといっていいほどからんだ言い方をした。

「いまだにうちを出られないつまらない男ですからね。いろいろとご不満な点も多いと思いますよ」

高志に皮肉を言わせたという思いが、久仁子を焦らせた。喧嘩はどうしても食いとめたいと思った。

「ごめんなさい。私が悪かったわ。もうそんなことは言いません。許して。お母さまが心配してるんだから、もう早く帰って」

そのくせ腕は高志の首にまわし、ねっとりと唇をおしつけた。着かけたワイシャツを脱がすのも時間はかからなかった。高志が顔を赤くしたのは、その後のことを言うのだろう。

「タカちゃん、私、考えてることがあるの」

火鉢に手をかざしながら久仁子は言った。

「絶対に賛成してほしいの」

誠意をもって聞くよ、とでも言いたげに高志も火鉢に手をのばしてきた。マニキュアがはがれかけているのが、今さらながら久仁子には悔まれる。

「私、しばらく京都で暮らそうと思うの」

一息に言った。高志の顔になにかがうかぶ前にと、このひと言もあわてててつけ加えた。

「もちろん、結婚とかそういうことじゃないのよ。タカちゃんだって、私だってそんなことはまだまだ考えられないと思うもの」

この時、久仁子はうかがうように高志の顔を見た。もしこの時、否定の言葉が高志かられたら、前言はとり消すつもりだった。しかしうつむきかげんにこちらを見ている高志の表情からは、何も読みとることはできない。

「だけど私はもう東京には住みたくないの。神経をすり減らして、毎日をすごすのがもう嫌になっちゃったの。こっちの方でミニコミかなんかの仕事をして暮らしていけたらって思うの。もし都合よく仕事が見つからなくても、少しなら貯金もあるし、しばらくぼうっと暮らしていくわ」

「僕はどうしたらいいの」

ややかすれた声で高志は尋ねた。

「タカちゃんは時々訪ねてきてくれればいいのよ。今までより会う回数は増えて、そして好きな時に会えるわ。今までは週末が来るまで会えなかったけれど、今度は普通の日にも会えるのよ」

もしその夢がかなったら、自分は嵯峨野に住もうと久仁子は思った。平家物語に出てくる小督《こごう》が隠れていたところは、どこだっただろうか。

もし記憶に間違いがなければ、嵯峨野だったはずだ。そうだ、琴か琵琶《びわ》を習ってみようか。思えば長い間、女らしい趣味ひとつ持たずに暮らしてきたような気がする。毎月、毎週、活字になったとたんに捨て去られる、そんな仕事にかかわって、いつも急ぐように生きてきた。時間もそれに合わせるように早く通りすぎて、気がつくと心だけがおいてきぼりをくってしまったのだ。

高志と知り合い、京都に通うようになってから、心が一日一日と少女にもどっていくような自分が嬉しかったっけ。京都という街は、確かに時間がゆっくりとすぎていく。このテンポに合わせて生きていけば、もうあせることはないような気がする。やわらかく年齢を重ねることができるような気がする。

「私、京都に住むわ。絶対に」

久仁子が言ったのと、高志が立ち上がったのと同時だった。

「寒いから、もうそろそろ出ようか」

高志は言った。その時、久仁子は高志が何も言わなかったことに気づいた。高志の表情は固くやや青ざめているようにも見える。もっとよく確かめようとしたのだが、高志はすばやく背中を向けたので、それ以上何も見ることはできなかった。

出口へと続く縁は長く、そして冷えびえとしていた。ストッキングをとおして、氷の上を歩くような感触を久仁子は楽しんだ。

「わ、冷たくて気持ちいいね。タカちゃん」

久仁子ははしゃいで、高志の腕にからみついた。

「冷たくてやだよ」

久仁子は驚いて高志を見つめた。二人がひとつのことに感動しなかったのは、それが初めてではない。しかし、その口調には久仁子をハッとさせるようなものがあった。

「僕のうちの廊下と同じなんだもの。僕はさ、毎朝起きたとたん、うちの廊下を歩くのが大嫌いなんだ。本当に冷たいんだもの。ここはうちと同じでつらいよ。早く歩こうよ」

久仁子は茫然とそこに立ちすくんだ。高志がこれほど自分とかけ離れた存在に思えたことはなかった。

廊下をどすんどすんと、踏みしだいて歩く自分と、「冷たい、冷たい」と悲鳴をあげる男。これまで生きてきた日々と場所を、はっきりとつきつけられたような気がする。なにか取りかえしのつかないことをしたという思いが静かにこみあげてきた。それが何で、いつ頃起こったのか、まだその時の久仁子にはわからなかった。

「そんなわけで、私、しばらくの間東京を離れるかもしれないわ」

東京駅構内の喫茶店だった。二週間たった金曜日の午後、久仁子は祥子と向かいあってコーヒーをすすっていた。大丸に買い物があるから、ついでに京都へ行く久仁子の見送りをすると祥子は言うのだが、それは嘘に違いない。最近、あまり仕事もせず飲みにも出てこない久仁子を、祥子なりに心配しているのだ。

「それはいつ頃になるのよ」

「わかんないわ。春になったら引っ越したいと思っているんだけど、当分はこうして京都へ行くわ」

「私が思うにさ、それはきっと実現しないね」

祥子は乱暴な口調で言って、マイルドセブンの煙を吐き出した。祥子は美しい女ものののアンティックライターを持っていて、一本一本大切そうに火をつける。それはいちばんたやすく見ることができる彼女の女らしさだった。

「そんなことはないわ。だって私はそうするつもりなんだもの」

「自分がそう思えば実現できると思ってる。あんたは幸せなんだよ。ところで彼の方は何て言ってんの、あんたが京都におしかけてきてもいいいって言ってんの」

「あんまり電話では話題にしたがらないわね。ちょっととまどっているみたい」

「そりゃ、そうだわ」

祥子はおかしそうに笑って、たてつづけに煙草に火をつけた。

「ちょっとさ、煙草一本くんない？」

「あれ、久仁子は煙草吸わなかったっけ。前は吸ってたよね。この頃はあんまり見ないけど」

「タカちゃんが吸わないのよ。私が吸ってたらあまりいい顔しないから、ずっと我慢してたんだけど」

「そりゃ、大変だねえ」

久しぶりに吸う煙草はただ苦いだけで、久仁子はすぐに灰皿に捨てた。

「私考えたらね、あんたからさんざんタカちゃんの話を聞いてたくせに、写真も見たことがないんだよね」

急に思い出したように祥子は言った。

「あら、いくらでも見せてあげるわよ」

財布の中からとり出した写真は、以前久仁子が大原で写したものだ。白い雪の中、はにかんだように笑う高志がいる。

「ね、すごくいい男でしょう」

「驚いたね」

祥子は首を横に振った。

「そんなにハンサムでびっくりした?」

「その反対よ」

祥子は不思議なものを見るような目をして久仁子を見つめた。

「この半年間、あんたからあんなにいい男はいない、あんな素敵なのはいないいって、さんざん聞かされてきたじゃない。あんたのことだから、どうせ大げさに言ってるんだろうとは思ったけど、まあ一応基本ラインっていうのは考えてたわねえ。だけど驚いちゃった。ただの気の弱そうなお坊っちゃんじゃない。いかにも軟弱な感じだね。恋は盲目っていうけど、これほどまでとは思わなかった。ああ驚いた」

祥子は真顔で言った。辛辣なことは辛辣だが、そうでたらめなことをいう性格ではない。久仁子はけげんな思いで写真をしまった。

「もう発車の時間じゃないの。私もそろそろ行くから一緒に出ようか」

祥子は伝票を持ちながら立ち上がった。

「じゃ、月曜日には帰ってくるから電話するわ」

そう言いながら久仁子は、どうして祥子が急に高志の写真を見たいと言い出したのか考えていた。それが予感といえば予感だった。

京都駅のホームに高志はいなかった。今までも迎えにこられないことは何度かあったが、その前にきちんと連絡は必ず入った。あの詩仙堂の日以来胸騒ぎは続いていて、久仁子はまんじりともせずに京都のホテルで電話を待った。

ベルが鳴ったのは、午前二時をまわった頃だ。

「タカちゃん、どうしたのよッ」

思わず怒鳴り声になりそうなのをハッとおさえた。受話器の向こう側からは、悲しげな沈黙が伝わってくる。

「あ、僕……。困ってるんだよな。いろいろ……」

ややあって高志の声がした。

「なにがどうしたのよ。なにが困っているって言うの」

「クンちゃん、このあいだ京都に住むって言ったでしょ。あの日から僕は困っているんだよ」

「私が京都に住むことが、どうして困るって言うの」

抑えようとしても、声のトーンが高くなっていくのがわかる。

「だって今までと違う感じになっちゃうんだ。それを考えるとどうしていいかわからないよ」

「それ、どういう意味」

「つまり、君の人生をしょい込むのがすごく大変なんだよ。クンちゃん、最初の頃はすごく楽しかったぜ。君は二週間にいっぺん舞い込んでくる蝶々みたいでさ、僕のまわりをひらひら踊っててすごく可愛かった。ところがこの頃の君っていうのは、青ざめた顔をして、いろんなものを東京からかついでやってくるんだ」

「結局別れたいんでしょ。いいわよ、そんな理屈をこねなくたっていつだって別れてあげるわよ」

「黙って聞けよ。別れるつもりだったらこんな電話かけたりしないよ。二人で善後策を考えようとしてるんじゃないか。今日、迎えに行かないのは確かに悪かった。だけどさ、まるで駆け落ちしてきた女みたいにさ、思いつめた顔した君のことを考えると、どうしても行けなくなっちゃったんだよ。だから困ってるんだよ」

「悪かったわね。いろいろと迷惑かけて。東京からハイミスがおっかない顔して通ってくれば、そりゃ嫌にもなるわよねえ」

今度は声が急に低くなる。怒りと悲しみが混じり合って、野太い声となった。

「違うったら。どうしてそんな言い方するんだよ。僕は口惜しいんだよ。僕に力が無いからクンちゃんをどうしてあげることもできないじゃないか。それがつらいんだよ。今までのクンちゃんだったら、僕は慰められたんだよ。東京でいろいろ大変なこともあるだろうけど、まあ京都にいる間は二人で楽しくすごそうってんでよかったんだけど、今は違うんだよ。もう君は僕に全人生を預けるっていう感じだろ。それを引き受けられない僕は、本当にどうしていいのかわからないんだよ」

電話の高志は、いつになくよく喋った。たまりにたまったものを、一気に吐き出そうとしているかのようだった。

大きな憤りが、津波のように久仁子におしよせてきた。それは高志にではなく、久仁子自身に向けられたものだった。大きな間違いを、長いこと続けていたような恥ずかしさがその中には込められている。自分で探し出し、つくり出さなければいけなかったものを、他人におしつけようとした。そんな自分がただただ恥ずかしかった。

「わからないものは、わからないままでいいのよ」

久仁子は静かに言った。

「無理に答えを出す必要は無いのよ。だから、他人と一緒に考えようなんて無意味だと思うわ。じゃ、また」

電話を切った。ことさら「他人」という単語に力を入れている自分に気づいていた。しかし、久仁子の言葉こそまったく答えになっていないではないか。後になって久仁子は、あの時自分は単に電話を早く切りたかっただけだということに気づいた。この世でただひとつのものと思いきめていたものが、ひどくいいかげんな終り方をしたことを、いかにも自分らしいと久仁子は苦笑したのだった。

アナウンスが、米原付近で吹雪のため徐行すると告げていた。

次の日の朝、いちばんの新幹線に久仁子は乗っていた。一刻も早く東京にもどりたかった。京都が嫌いになったわけではない。ただ恥ずかしさの現場から立ち去りたいのだ。

もっと高志にやさしくしてやればよかったのにと思う。もっと美しい終り方がいくらでもできたのにと思う。それだけが悔まれる。

久仁子はこの何カ月か、ものに憑《つ》かれたように撮ったたくさんの写真のことを思い出した。

「はーい、私は今日から女流カメラマンよ」

とはしゃぎながら、いつも高志をモデルにシャッターをおしたものだ。

五重の塔、嵯峨野、鞍馬、紫野、大原とたくさんの風景がうかんでくる。そして季節は初冬から冬にかけてだった。木は色づきはじめ、枯れ、そして雪を積もらせていった。終ることをどちらも最初から考えていたのだった。だからできるだけ美しく装い、甘い言葉を投げかけ合ったのだ。現実感のないままに、はかなく終らなければいけなかった恋に、久仁子がたくましく生活を持ち込もうとした。それはあきらかにルール違反だった。

久仁子はどうして自分が高志という男に魅かれていったかいまはっきりとわかった。

恋をしたかったのだ。

それも最適な場所で、最適な男と恋をしたかったのだ。京都は久仁子の好みに合い、高志は久仁子の好みに合った。なにもかもできすぎの舞台装置だったと、今さらながらため息がもれる。

その時だ。久仁子は耳をすませた。遠いどこかで、芝居が終る拍子木が聞こえたような気がしたのだ。

本書は一九八八年十一月に刊行された文春文庫の新装版です
●DTP制作　ジェイ エスキューブ

文春文庫

最終便《さいしゅうびん》に間《ま》に合《あ》えば

定価はカバーに
表示してあります

2012年7月10日　新装版第1刷
2023年4月15日　第9刷

著　者　林《はやし》　真《ま》理《り》子《こ》
発行者　大沼貴之
発行所　株式会社　文藝春秋

東京都千代田区紀尾井町 3-23　〒102-8008
TEL　03・3265・1211(代)
文藝春秋ホームページ　http://www.bunshun.co.jp

落丁、乱丁本は、お手数ですが小社製作部宛お送り下さい。送料小社負担でお取替致します。

印刷製本・凸版印刷

Printed in Japan
ISBN978-4-16-747639-7

（　）内は解説者。品切の節はご容赦下さい。

林　真理子
マリコノミクス！
――まだ買ってる

自民党政権復活と共にマリコの正月がはじまった！『野心のすすめ』大ヒット、バイロイトにてオペラ「ニーベルングの指輪」鑑賞など気力体力充実の日々。大人気エッセイ第27弾！

は-3-49

林　真理子
マリコ、カンレキ！

ドルガバの赤い革ジャンに身を包み、ド派手でゴージャスな還暦パーティーを開いた。これからも思いきりちゃらいおばちゃんを目指すことを決意する。痛快パワフルエッセイ第28弾。

は-3-50

林　真理子
わたし、結婚できますか？

ついに「週刊新潮」山口瞳氏の連載記録を抜いて、前人未到の32年目に突入！　ISの犠牲になった後藤健二さん、本を出版した少年Aなど時事ネタから小林麻耶さんとの対談まで収録。

は-3-53

林　真理子
下衆の極み

週刊文春連載エッセイ第30弾！　NHK大河ドラマ「西郷どん」の原作者として、作家活動も新境地に。ゲス不倫から母親の介護まで、平成最後の世の中を揺るがぬ視点で見つめる。（対談・柴門ふみ）

は-3-54

林　真理子
不倫のオーラ

相次ぐ不倫スキャンダルを鋭く斬りつつ、憧れのオペラ台本執筆に精を出し、14億人民に本を売り込むべく中国に飛ぶ。時代の最先端を走り続ける作家の大人気エッセイ。（対談・中園ミホ）

は-3-57

林　真理子
運命はこうして変えなさい
賢女の極意１２０

恋愛、結婚、男、家族、老後……作家生活30年の中から生まれた金言格言たち。人生との上手なつき合い方がわかる、ときめく言葉の数々は、まさに「運命を変える言葉」なのです！

は-3-52

林　真理子
不機嫌な果実

三十二歳の水越麻也子は、自分を顧みない夫に対する密かな復讐として、元恋人や歳下の音楽評論家と不倫を重ねるが……。男女の愛情の虚実を醒めた視点で痛烈に描いた、傑作恋愛小説。

は-3-20

最終便に間に合えば
林 真理子

新進のフラワーデザイナーとして訪れた旅先で、7年ぶりに再会した昔の男。冷めた大人の孤独と狡猾さがお互いを探り合う会話に満ちた、直木賞受賞作を含むあざやかな傑作短編集。

は-3-38

下流の宴
林 真理子

中流家庭の主婦・由美子の悩みは、高校中退した息子が連れてきた下品な娘。「うちは〝下流〟になるの!?」現代の格差と人間模様を赤裸々に描ききった傑作長編。（桐野夏生）

は-3-39

最高のオバハン　中島ハルコの恋愛相談室
林 真理子

中島ハルコ、52歳。金持ちなのにドケチで口の悪さは天下一品。嫌われても仕方がないほど自分勝手な性格なのに、なぜか悩み事を抱えた人間が寄ってくる。痛快エンタテインメント！

は-3-51

最高のオバハン　中島ハルコはまだ懲りてない！
林 真理子

金持ちなのにドケチな女社長・中島ハルコに持ち込まれる相談事は、財閥御曹司の肥満、医学部を辞めた息子の進路、夫の浮気など。悩める子羊たちにどんな手を差しのべるのか？

は-3-56

ペット・ショップ・ストーリー
林 真理子

ペットショップのオーナー・圭子は大の噂好き。ワケあり女の「私」は、圭子のもたらす情報から、恐ろしい現実を突きつけられて……。女が本当に怖くなる11の物語。（東村アキコ）

は-3-55

ウェイティング・バー
林 真理子

結婚式後、花婿が、披露宴の司会の美女と、バーで花嫁を待つ。親し気なふたりの会話はやがて、過去の秘密に触れて……男女の恋愛に潜む恐怖を描く、10の傑作短篇集。（酒井順子）

は-3-58

野ばら
林 真理子

宝塚の娘役・千花は歌舞伎界の御曹子との恋に、親友の萌は年上の映画評論家との不倫に溺れている。上流社会を舞台に、幸福の絶頂とその翳りを描き切った、傑作恋愛長編。（酒井順子）

は-3-59

（　）内は解説者。品切の節はご容赦下さい。

赤川次郎

赤川次郎クラシックス　幽霊列車

山間の温泉町へ向う列車から八人の乗客が蒸発。中年警部・宇野は推理マニアの女子大生・永井夕子と謎を追う——。オール讀物推理小説新人賞受賞作を含む記念碑的作品集。（山前　譲）

あ-1-39

阿刀田　高

ローマへ行こう

忘れえぬ記憶の中で、男は、そして女も、生きたい時がある。あれは夢だったのだろうか。夢と現実を行き交うような日常の不可解を描く、大切な人々に思いを馳せる珠玉の十話。（内藤麻里子）

あ-2-27

有吉佐和子

青い壺

無名の陶芸家が生んだ青磁の壺が売られ贈られ盗まれ、十余年後に作者と再会した時——。壺が映し出した人間の有為転変を鮮やかに描き出した有吉文学の名作、復刊！（平松洋子）

あ-3-5

芥川龍之介

羅生門《らしょうもん》　蜘蛛《くも》の糸《いと》　杜子春《とししゅん》　外十八篇

昭和、平成とあまたの作家が登場したが、この天才を越えた者がいただろうか？　近代知性の極に荒廃を見た作家の、光芒を放つ珠玉集。日本人の心の遺産「現代日本文学館」その二。

あ-29-1

浅田次郎　編

見上げれば　星は天に満ちて

心に残る物語——日本文学秀作選

鷗外、谷崎、八雲、井上靖、梅崎春生、山本周五郎……。物語はあらゆる日常の苦しみを忘れさせるほど、面白くなければならないという浅田次郎氏が厳選した十三篇。輝く物語をお届けする。

あ-39-5

朝井リョウ

武道館

【正しい選択】なんて、この世にない。「武道館ライブ」という合言葉のもとに活動する少女たちが最終的に〝自分の頭で〟選んだ道とは——。大きな夢に向かう姿を描く。（つんく♂）

あ-68-2

朝井リョウ

ままならないから私とあなた

平凡だが心優しい雪子の友人、薫は天才少女と呼ばれる。成長に従い、二人の価値観は次第に離れていき、決定的な対立が訪れるが……。一章分加筆の表題作ほか一篇収録。（小出祐介）

あ-68-3

彩瀬まる
くちなし
別れた男の片腕と暮らす女。運命で結ばれた恋人同士に見える花。幻想的な世界がリアルに浮かび上がる繊細で鮮烈な短篇集。直木賞候補作・第五回高校生直木賞受賞作。（千早　茜）
あ-82-1

朝比奈あすか
人間タワー
毎年6年生が挑んできた運動会の花形「人間タワー」。その是非をめぐり、教師・児童・親が繰り広げるノンストップ群像劇。無数の思惑が交錯し、胸を打つ結末が訪れる！（宮崎吾朗）
あ-84-1

五木寛之
蒼ざめた馬を見よ
ソ連の作家が書いた体制批判の小説を巡る恐るべき陰謀。直木賞受賞の表題作を初め、「赤い広場の女」「バルカンの星の下に」「夜の斧」など初期の傑作全五篇を収録した短篇集。（山内亮史）
い-1-33

井上　靖
おろしや国酔夢譚
船が難破し、アリューシャン列島に漂着した光太夫ら。厳寒のシベリアを渡り、ロシア皇帝に謁見、十年の月日の後に帰国できたのは、ただのふたりだけ。映画化された傑作。（江藤　淳）
い-2-31

井上ひさし
四十一番の少年
辛い境遇から這い上がろうと焦る少年が恐ろしい事件を招く表題作ほか、養護施設で暮らす子供の切ない夢と残酷な現実が胸に迫る珠玉の三篇。自伝的名作。（百目鬼恭三郎・長部日出雄）
い-3-30

色川武大
怪しい来客簿
日常生活の狭間にかいま見る妖しの世界――独自の感性と性癖、幻想が醸しだす類いなき宇宙を清冽な文体で描きだした、泉鏡花文学賞受賞の世評高き連作短篇集。（長部日出雄）
い-9-4

色川武大
離婚
納得ずくで離婚したのに、なぜか元女房のアパートに住み着いてしまって。男と女の不思議な愛と倦怠の世界を、味わい深い筆致とほろ苦いユーモアで描く第79回直木賞受賞作。（尾崎秀樹）
い-9-7